書下ろし

開帳師

素浪人稼業⑫

藤井邦夫

祥伝社文庫

目次

浅草聖天町
浅草寺
入谷鬼子母神
吉原
花川戸
駒形鰻
吾妻橋
向島
源森川
荒井町
蔵前
横十間川
新シ橋
亀沢町
北割下水
真光院
旅所橋
柳橋
回向院
両国橋
竪川
隅田川
横川
日本橋
高砂町
小名木川
八丁堀
深川

「開帳師 素浪人稼業」の舞台

第一話　開帳師

一

古い地蔵尊《じぞうそん》は、風雨に曝《さら》され撫《な》で廻され続けてきた為、目鼻を丸くして頭を眩《まぶ》しく光り輝かせていた。

浪人の矢吹平八郎《やぶきへいはちろう》は、古い地蔵尊に手を合わせた。

「さあて、朝飯を食いに行くか……」

平八郎は、古い地蔵尊の光り輝く頭をさっと一撫でしてお地蔵長屋の木戸を出た。

昌平橋《しょうへいばし》と不忍池《しのばずのいけ》を繋《つな》いでいる明神下《みょうじんした》の通りには、多くの人が行き交《か》っていた。

平八郎は、神田鍋町《かんだなべちょう》の酒屋の隠居のお供で大山詣《おおやままい》りに行って来たばかりであり、懐《ふところ》は温かく未《ま》だ働く気はなかった。

裏通りから出て来た平八郎は、明神下の通りにある口入屋『萬屋《よろずや》』を窺《うかが》った。

口入屋『萬屋』は、日雇い人足の手配も既《すで》に終わって閑散《かんさん》としており、奥の帳場に主の万吉《まんきち》が狸《たぬき》の置物のように座っていた。

まるで狸だ……。

平八郎は苦笑した。

次の瞬間、万吉は平八郎の苦笑に気付いたのか不意に視線を向けた。

平八郎は、思わず隠れようとした。しかし、傍《そば》に隠れるような物はなかった。

万吉は、平八郎を小さな丸い眼で見詰めていた。

平八郎は、隠れるのを諦《あきら》めて笑うしかなかった。

万吉は、手招きをした。

平八郎は、惚《とぼ》けて辺りを見廻した。しかし、無駄な抗《あらが》いだと気付き、口入屋『萬屋』に向かった。

「やあ、邪魔をする……」

平八郎は、口入屋『萬屋』に入った。

万吉は、そこに座れと云わんばかりに帳場の傍の框《かまち》に茶を置いた。

平八郎は、茶の置かれた框に腰掛けた。

「平八郎さん、金がなくなったら働こうって根性じゃあ、いつ迄《まで》経ってもお金は貯まらず、貧乏人のままですよ」

万吉は、小さな丸い眼を呆《あき》れたように瞬《また》かせた。

「う、うん……」

平八郎は、万吉の言葉に頷《うなず》きながら茶をすすった。温《ぬる》い出涸《でがら》しだった。

「それで、ちょいとやって貰《もら》いたい仕事がありましてね」

万吉は、微《かす》かな狡猾《こうかつ》さを過《よぎ》らせた。

「仕事か……」

「ええ。やりますか……」

万吉は、仕事の内容も告《つ》げずに応諾を求めた。

「そいつは、どんな仕事か聞いてからだ」

「なあに、大した仕事じゃありません。開帳師の手伝いですよ」

「開帳師……」

平八郎は戸惑《とまど》った。

〝開帳〟とは、寺院が特定の日に、秘仏を一般の人々に参拝させる事を云《い》う。そして他には、賭博《とばく》を開く事も云った。

〝開帳師〟は〝開帳屋〟とも云い、神仏などの開帳を催《もよお》す興行師を称した。

開帳を催せば人が集まり、作った茶店や店などが賑《にぎ》わい、賽銭《さいせん》も上がり、勧進《かんじん》元《もと》は儲《もう》かる。それだけに寺や神社は開帳師の話に飛び付いた。そして、秘仏を出張させて行なうのが出開帳《でがいちょう》であり、そのままの寺社でやるのは居開帳《いがいちょう》と呼ばれた。

「その開帳師、何処《どこ》の誰だ……」

「神田連雀町《れんじやくちよう》に住んでいる宝船の長兵衛《ちようべえ》さんって人だよ」

「宝船の長兵衛……」

「ああ。日当は昼飯付きで一日四百文……」

「四百文……」

「中々の日当ですよ」

万吉は頷いた。

平八郎が暮らしているお地蔵長屋の店賃《たなちん》は六百文であり、四百文は上等な日当と云える。

「で、その開帳師の長兵衛のどんな手伝いをするのだ」

平八郎は、四百文の日当に秘められているものが気になった。

「そりゃあ、開帳する仏さまを護《まも》ったり、因縁《いんねん》を付けてくる者の相手をしたり、いろいろな雑用ですよ。やりますね」

万吉は、平八郎に開帳師の手伝い仕事をやらせようとした。

「う、うん……」

平八郎は、煮え切らなかった。

「おや。嫌なんですか……」

万吉は、小さな丸い眼を険しく歪《ゆが》めた。

「いや、嫌って訳じゃあないが……」

「嫌ならいいんですよ。酒屋の御隠居、次は箱根《はこね》に遊山に行くとか云っていたかな……」

万吉は、平八郎を冷たく一瞥《いちべつ》し、出涸し茶の入っていた湯呑茶碗を片付け始めた。

万吉に臍《へそ》を曲げられたら、これから割の良い仕事を振って貰えなくなり、暮らしも厳しくなる。

「分かった。やる。引き受けた」

平八郎は、悔しげに頷いた。

「無理にとは申しませんよ」

万吉は勿体《もったい》ぶった。

「いや。開帳師の手伝い、是非《ぜひ》やらせてくれ」

平八郎は頼んだ。

「そうですか、やりますか。ま、是非にと頼まれちゃあねえ……」

万吉は、いつの間にか恩着せがましくなっていた。

「えっ……」

平八郎は、狸に誑《たぶら》かされたかのような面持《おもも》ちで眼を瞠《みは》った。

神田連雀町は、神田八《や》ッ小路《こうじ》から続く八つの道筋の一つにある。

平八郎は、明神下の通りの一膳飯屋で遅い朝飯を食べ、神田川に架《か》かる昌平橋を渡って連雀町に向かった。

開帳師の宝船の長兵衛の家は、連雀町の裏通りにある小さな煙草屋《たばこや》だった。

「御免《ごめん》……」

平八郎は、丸に長の字の大書された腰高障子《こしだかしょうじ》の小さな煙草屋に入った。

「いらっしゃいませ」

帳場にいた老婆が、平八郎を迎えた。

「口入屋の萬屋から来た者だが、宝船の長兵衛さんはいるかな」

「宝船の長兵衛……」

老婆は眉《まゆ》をひそめた。

「うん……」

「宝船の長兵衛なんて奴はいないけど、泥舟の長兵衛って陸《ろく》でなしならいるよ」

老婆は、腹立たしげに告げた。

「泥舟の長兵衛……」

平八郎は、怪訝《けげん》な面持ちになった。

「ああ。長兵衛、お客さんだよ。長兵衛……」

老婆は、店の奥に金切り声で怒鳴《どな》った。

平八郎は驚いた。

「分かった。婆あ、煩《うる》せえぞ」

安物の派手《はで》な羽織《はおり》を着た中年男が、店の奥の居間から出て来た。

「やあ。お侍さんが矢吹の旦那ですかい」

「――――」

昨日は午前中の訓練が済んだ後、午後のフライトへ出る前に司令部の会議室へ集まれ、と指示された。

黒羽と二人、階段を上がって行ってみると、漆沢美砂生と菅野一朗は先に来ていて、テーブル上に置かれた新型らしいヘルメットと装具類を眺めていた。

F15Jは、未《いま》だ好適な後継機が出現せず（F22がその役目をするはずだったが高価過ぎてアメリカでも配備し切れない）、制空専門の戦闘機として、アメリカ空軍でも二〇三〇年代まで使い続けるという。空自でも同様だ。そのために、装備を近代化する改修が進められている。

MSIP改修機と呼ばれる近代化されたF15Jは、少しずつ部隊に配備され出したが、第六航空団では機数も少ないため開発担当に指名されたベテラン・パイロットにしか割当てられていない。

「改修機に乗れるのですかっ」

菅野は早くも興奮して、テーブル上のヘルメットをしげしげと眺めた。

「ちくしょう、こいつがヘルメット・マウント・ディスプレーか」

「あらためて自己紹介しよう」

顔の特徴としては、眉毛が細い。奥まった目の鋭い男だ。

「私は技術研究本部の真田治郎《じろう》だ。この小松には、新装備の実験などでよく来ているが、飛行隊パイロットとじかに話す機会はあまりない」

「――――」

「――――」

「君たちには」

真田三佐は集めた四名を見回し、言った。

「これの使い方を、私からあらためてレクチャーする。午後のフライト訓練では、早速使ってもらう。使用機もMSIP機を充《あ》てる。明日のDACTも改修機で戦ってもらう」

「すげぇ」

「――――」

「――――」

「あの」

漆沢美砂生が、遠慮がちに手を挙げた。

「今日、改修機に初めて乗って、明日すぐに戦うのですか」

「そうだ」真田はうなずく。「漆沢一尉、君の言いたいことは分かる。慣れない改修機でいきなり戦うより、いつもの在来型F15で戦った方がやりやすいし、結果を出せそうだ。そういうことだな?」

「は、はい」

「その気持ちは分かる。君は指揮官だ。部下たちにはあまりひどい負け方はさせたくないし、出来れば結果を出させてやりたい」

何だ、この人――

風谷は、会話を聞きながら思った。

俺たちが、負ける前提で話しているぞ……？

モーニング・レポートの場で火浦隊長から説明されたところでは、アメリカ軍のＦ22は二機で来ると言う。こちらは四機だ。

風谷を含む四名が『指名』されたのは、アメリカ側から『さきの戦技競技会で飛行教導隊を倒したチームと戦いたい』という要望が来たからだと言う。

沖縄に駐留するアメリカ空軍が、空自で数か月前に行われた戦技競技会で『飛行教導隊と対戦し全滅させた』若手の飛行隊チームがあるらしい、と聞きつけた。そこで、自軍のＦ22ラプターと模擬格闘戦訓練をさせて欲しい、と申し入れて来た。

ただし、まともに戦えば、遥か遠くからラプターはイーグルの編隊を一方的に探知して、気づかれぬうちに中距離ミサイルを放って全滅させてしまう。そうではなく、何かの都合で有視界格闘戦――お互いが肉眼で見える近距離まで近づいてしまい、ドッグファイトにもつれ込んだ。そういう場合を想定して訓練したいと言う。しかもF22は二機、こちらは四機で来いと言う。お互いに使う兵装は短距離用の熱線追尾ミサイルと、機関砲だ。

「ずいぶん馬鹿にされたもんだ、というか」

これは朝の火浦の言葉。

「実際、性能の差は、それくらいあるらしい――あるらしいとしか言えないのは、F22の性能は、本当のところは同盟国にも全部開示されていない。俺もラプターに触ったこともなければ模擬戦をしたこともない。正直DACTには、俺が希望して出たいところだが、今回はアメリカ側がお前たちを指名して来た」

実際、F22とDACTをやる、と告げられてから周囲がやかましい。「馬鹿にされた」とか「買いかぶられた」とか、「死んでも負けるな」と激励する者もいれば「ただ負けるな、ステルス機のデータを採って来い」と言う者。漆沢美砂生は、戦技競技会出場を言い渡された時みたいに「困ったわ」という顔だし、菅野は鼻息荒くいきりたっている。その中で鏡黒羽だけが無口に、いつもと変わらない表情だ。

「いいか。空幕は」

真田は風谷を含む四名を見回し、続けた。

「言っては何だが、君たちに『勝って欲しい』なんて思っていないのだ。いや、言い方はまずいので謝る。君たちにはもちろん、いい経験をさせたい。成長してもらいたい。だがそれと同時に、アメリカのF22ラプターとまともに模擬空戦が出来るなんて、滅多にない機会だ。ラプターはあちらの議会が輸出を禁止して、同盟国にすら真の性能が明らかにされていない。我々のAWACSや地上レーダー、そしてMSIP機がどれだけ太刀打《たちう》ち出来るのか、実験する絶好のチャンスなのだ」

「――――」

「――――」

「ではHMDと、改修機のデータリンク・システムについてあらためてレクチャーする。四人とも聞いてくれ」

2

小松沖　日本海
G訓練空域

高度二〇〇〇〇フィート。

（――――）

来た。

風谷のコクピットの計器パネルの左上、縦長のＶＳＤ液晶画面に二つの小さな紅《あか》い菱形《ひしがた》が出現した。

方位、ナイン・オクロック。

左手――機首を一二時として、九時の方向だ。

距離は八〇マイル。通常の機上レーダーで索敵していたら、発見出来ない角度だ。

凄いな、データリンクは。

素直に驚く。

ＶＳＤ画面には、自分の機を中心に一〇マイル刻みで同心円が描かれ、方位を示す線が放射状に伸びる。そこには、風谷の機のすぐ右後ろにくっつくように緑の菱形が一つ。そして二〇マイル後方にもう二つの緑の菱形。

すぐ右後ろの緑は菅野の二番機、ずっと後方にいる二つの緑は、漆沢美砂生の三番機と鏡黒羽の四番機だ。

これまでの在来型Ｆ15Ｊでは、レーダー・ディスプレーに菱形シンボルとして表示されるのは、自分の機のレーダーで捜索し捉えた空中目標だけだった。

でも今日は、風谷はレーダーを働かせてもいない。ＶＳＤ画面に現れる菱形はすべて、地上の防空レーダーと、どこかに滞空して監視に当たっている二機のＥ７６７早期警戒管制機（ＡＷＡＣＳ）からもたらされた索敵データだ。

（しかも、後ろの様子まで分かる……）

真田三佐が、無理にでもＭＳＩＰ改修機を使わせたがった理由が分かる。

敵の位置も味方の位置も、手に取るようだ。

（この左手に現れた紅い二つが、〈敵〉のＦ22だな……。こうして映っているということは真田三佐の『秘策』が功を奏しているのか……？）

ステルス機をレーダーで探知する方法はある――

昨日の昼休みに、技術研究本部の真田治郎はレクチャーしてくれた。

「いいか。Ｆ22などのステルス機は、確かに普通に探知しようとレーダー電波を向けても、小鳥に当たったくらいの反射波しか戻って来ない。これはＦ22の機体表面の材質などにもよるが、外形に工夫が凝らされていて、レーダーの索敵パルスを受けてもこれを斜めに逸《そ》らして反射し、来た方向へ返さないという特性を持たせているからだ。だから一台のレーダーでは探知出来ない」

真田は会議室のホワイトボードに、空中を飛ぶＦ22と、地上のレーダーサイト、空中に配置した二機のＥ７６７などを描いた。

「しかし、このように」

風谷たちの見ている前で、真田は地上のレーダーから上空へ向かって直線を引き、それが空中のＦ22に当たって斜めに跳ね返る様子をキュッ、キュッと描いた。

ステルス機を、探知する工夫があるのか……。

風谷は、Ｆ22の機体で斜めに逸らされ跳ね返った直線（電波）が、横の方で滞空するＥ767に届く様子を注視した。

「見ろ。地上レーダーに加えて、複数のＡＷＡＣＳを効果的に空中へ配置しておけば。一つのレーダーが発振したパルスが逸らされて反射しても、それを離れた別のレーダーが受信することで、総合的にステルス機の位置が割り出せるのだ」

「それじゃ」

菅野が、感心したように聞き返す。

「明日のＤＡＣＴでは、我が方のＥ767を少なくとも二機、Ｇ空域付近へ配置するのですか？」

「その通り」

真田はうなずいた。

「このようなこともあろうかと、ステルス機検出のためのネットワーク演算ソフトを技術研究本部ですでに試作、Ｅ767に載せてある。明日は演習に訪れるラプター二機を、この『秘策』でもってお出迎えする。算出したＦ22の推定位置は、データリンク経由で君たちのコクピットのＶＳＤ画面に届ける。どうだね、明日はＭＳＩＰ改修機で演習に臨まねばならない理由が分かっただろう」

「――」

「――」

「続いて、ヘルメット・マウント・ディスプレーの使い方について説明しておこう」

（――）

風谷は直進するF15のコクピットで、画面のナイン・オクロック――左手ほぼ九時方向から急速に接近する紅い二つの菱形を注視した。

肉眼では何も見えない。

素早く外を見回すと、ただ太陽が宙天に輝き、真っ青な空間がコクピットのキャノピーから三六〇度、全周囲に広がっている。マッハ〇・九で飛んでいるが、比較対象物がないので自分の速さは分からない。雪山のように真っ白い積乱雲が、オブジェのように群れをなし、あちこちにそびえる。

あとはバックミラーの中に浮かぶ菅野の二番機。

ピッ
来る――

画面に数字が出た。二機のE767が、乱反射したレーダーのパルスを捉え、〈敵機〉

の飛行諸元を演算してくれたか──VSD画面の紅い菱形の横に『200』『M1・5』というデジタル数値が現れた。高度二〇〇〇〇フィート、マッハ一・五。いずれも推定値だろうか。

(近づいて来る。だがまだ、気づかない振りだ)

作戦を、あらためて頭に呼び起こす。

ファイツ・オンのコールは掛けない。

隊長の火浦二佐から、昨日の朝のモーニング・レポートの場で最初に説明された。今回の模擬格闘戦は、敵機とは会話出来ない状態で始めるという。

通常の空自の訓練では、模擬空戦は互いに同じ周波数で会話が出来る状態にして、赤編隊と青編隊に分かれる。訓練空域の端と端から見合って『ファイツ・オン』のコールと共に互いに突進し戦闘に入る。

すれ違って、互いに相手の後尾を取るように機動して押さえ込み、撃つ(もちろん実弾は出ない)。相手を確実に撃墜出来たと思ったら『スプラッシュ!』とコールして勝利を宣言する。格闘技の試合のようだが、このように訓練して来た。

ところが今回はステルス機を相手にする。ステルスは『見えない』戦闘機だ。探知されずに相手に忍び寄るわけだから、「試合開始」などと告げて来るわけがない。

だから今回は『訓練空域に進入した時点で演習開始』と決められた。

アメリカ軍は、F22が有視界の格闘戦をどれだけ戦えるか、強い制空戦闘機を相手に訓練したいのだという。よって空自側が探知できなくても、中距離ミサイルで見えない位置から撃ったりはしない。想定するのはF22ラプターが中距離ミサイルを撃ち尽くすか、装備していない状態で敵編隊と遭遇してしまい、近距離で格闘戦にもつれ込んだ——そういう情況だ。

ラプターは、中距離ミサイルを使わずに忍び寄って、空自F15に襲いかかって来る。その代わりにF22は二機、空自側は四機で相手をして良いという。

（つまり、俺と菅野は囮《おとり》だ）

作戦では、風谷と菅野の一番機・二番機が先行し、どこかからやって来る二機のF22にわざと襲われる（真田三佐の『秘策』がうまく機能すれば、F22の接近は分かるのだが、わざと気づかない振りをする）。そこへ漆沢美砂生の率いる三・四番機が駆け付けて応戦する。風谷と菅野がラプターの最初の一撃をかわすことが出来れば、二対四で有利な戦闘に持ち込める。

（しかし、真横に現れるとは）

西の方から来るんだろう、とは思っていたが……。

空自側が、ステルス機を探知する技術の実験を兼ねて『秘策』を用意していることを、アメリカ側は知らないという。

風谷は、ＶＳＤ画面の九時方向――左真横から近づく二つの紅い菱形の動きを注意深く見る。

こちらがＥ７６７からのデータリンクで、接近に気づいていることを知らないのだ。まっすぐに近づいて来る――

戦闘機は通常、自分のレーダーで真横は見張れない。レーダーで索敵出来るのは、機首前方の扇形の空間だ。横や後ろ、見えない範囲はＥ７６７などのＡＷＡＣＳに見張ってもらうか、あるいは基本、自分の肉眼で見張る。

画面の紅い二つの菱形――二機のＦ22は、空自のＥ７６７にも、後続の美砂生たちの編隊にも探知されていないという自信があるのか。針路を変えず、まっすぐやって来る。

(俺たちの編隊に食いつくか。あるいは、この角度ならば、後方の美砂生さんたちの方へ襲いかかるかも知れないぞ……)

漆沢美砂生と鏡黒羽の編隊は、二〇マイル後ろだが、紅い二つの菱形は少し機首を右へ振れば、美砂生と黒羽の編隊に斜め前方から攻撃をかけられる。

もし美砂生さんたちが先に襲われたら、ただちにインメルマン・ターンで一八〇度向きを変え、援護に向かわなくては――

「――」

風谷は、左手から向かって来る二つの菱形――敵機に向けて、ただちに旋回して機首を向けたい欲求をこらえた。

天候はよく、空域の視界はクリアだ。対向旋回をして、機首を敵編隊に向け、すれ違いざまのドッグファイトにもつれこめば。後はステルス機と言ったって、パイロットの肉眼から姿を隠すことなんて出来ないのだ……。

だが

〈敵〉を探知出来たとしても、分からない振りをし続けろ。

昨日、真田三佐に言い渡された指示だ。

我々がE767を二機も出して、ラプターを探知するための『秘策』を準備していることは米側には秘密だ。そして『秘策』が功を奏してステルス機の探知実験に成功したとしても、そのことも秘密だ。

「いいか。これは軍事機密なのだ。わが国がステルス機の探知技術を確立しかかっていることは、同盟国アメリカにも秘密にしなければならない」

会議室で、真田は四人のパイロットを見回し、念を押した。

「うまく行って〈敵機〉の襲来が分かっても、君たちは分からない振りをし続けろ。あくまで『見えない敵にいきなり襲われた』というふうに模擬戦を始めるのだ。間違っても、襲って来るラプターに向かって先に仕掛けたりするな」

「同盟国じゃないすか」

菅野は言うが
「違う」真田は頭を振る。「それとこれとは別だ」

そうか。

ステルス技術……。隠すのも、それを見つけるのもステルス技術だ。

日本も、独自にステルス技術と、それに基づいた新型機を開発しようとしている――

その話題は風谷も耳にした。将来の話になるが、F3という国産戦闘機が出来るのかも
知れない。技術研究本部の真田は、その開発に携わっているのかも知れない。

自分からは仕掛けるな、気づかない振りをし続けろ――か。

「――――」

風谷は、真横から接近する二つの紅い菱形を見ながら、酸素マスクの中で唇《くちびる》を嘗《な》めた。

〈敵〉は針路を変えない……俺たちの方へ来るか。

計器パネルの右上、脅威を表示するIEWSの円型画面をちらと見る。敵のミサイル照
準レーダーが照射されて来れば、IEWSは警告音とともにロックオン警報を出す。まだ
沈黙している。

アメリカ側がAWACSを出しているのかどうか、風谷は知らない。ただ知らされてい

るのは『F22は二機で今日の昼に嘉手納《かでな》を出る』という情報だけだ。

二機のラプターは、日本海のG空域でDACTを行った後、燃料補給と整備のため小松へ着陸するという（小松基地には今朝から米軍のC17輸送機が飛来し、F22支援のため待機している。アメリカ側の飛行隊幹部も演習視察のために訪れている。火浦の言う『お客さん』だ）。

F22は、どうやってこちらの位置を捕捉《ほそく》しているんだ。ロックオンされなくても、捜索レーダーでスイープされただけでIEWSは発振源の方向を表示するはずだが……。

F22の捜索レーダーは、自衛隊の装備するIEWSでは検出出来ないのか……？　あるいは向こうは電波を全く出さず、赤外線で敵を探知するIRST（赤外線索敵装置）を使っているのかも知れない（F15J改修機にも、IRSTを試験的に搭載する機体があるらしいが、今日の風谷たちの機には載せていない）。

赤外線索敵装置は、ある程度レーダーの代わりにはなる。ただ、基本的には天体を観測するのと同じことをしているので、標的の方角は分かるが距離は分からない。ミサイルを照準するには、最後にはレーダーを使わなくてはいけない。熱線追尾式の短距離ミサイルを使用する場合でも、標的への正確な距離測定が必要だ。レーダーによるロックオンは必須だ。

紅い二つの菱形は近づく。

距離、五五マイル。

(――F22のAIM9Xは、標的が横を向いていても撃てるっていうけど……)

小松基地　司令部地下

要撃管制室

「コンドル・ワン、コンドル・ツー、ナウ、エンタリング・ホットエリア」

「米軍機二機、G空域へ進入しました。空域、ホットです」

地下三階の要撃管制室。

天井の低い、学校の教室ほどの空間に、黒板大の情況表示スクリーンがある。

スクリーンを見上げる管制卓に着席し、空域の情況を報告したのはアメリカ軍の若い白人の管制官と、横に並ぶ第六航空団の要撃管制官だ。

要撃管制室は、文字通り要撃の指揮を執る場所だ。

日本の周辺の空域に、国籍不明機が出現した時。それがわが国の領空へ侵入するコースを取っている場合、航空自衛隊は侵入機に最も近い基地から要撃戦闘機を緊急発進させ、領空侵犯を抑止する行動に出る。いわゆる〈対領空侵犯措置〉――スクランブルだ。

わが国周辺の空は、列島各地に配置された二十七か所のレーダーサイトによって常時監視されている。それらの情報を集約して、脅威の発生を判断し、全国各基地のアラートハンガーへ緊急発進命令を出すのは東京・横田基地地下に設置されている総隊司令部中央指揮所（ＣＣＰ）だ。

横田ＣＣＰでは、劇場のように巨大な情況表示スクリーンを前に何列もの管制卓が並び、数十名の要撃管制官が常時空域監視に当たっている。

ここ小松の地下要撃管制室は、ＣＣＰを補助する施設だ。規模では比べものにならないが、万一横田ＣＣＰの機能が喪失した際には代わって日本海全域の要撃行動をコントロールする。

ただ、通常の仕事は小松基地から発進させた要撃機の様子をモニターするのと、日本海に斜め長方形に広がるＧ訓練空域で実施される訓練飛行の監視、演習の評価だ。

今、情況表示スクリーンにはＣＧで描かれる日本海の拡大マップの上に、飛行中の所属機の位置が三角形のシンボルで表わされている。

四つの緑の三角形には、機上とのデータリンクによって速度・高度、兵装のアーム状況などがデジタルの数字と記号で付加される。どっちを向いてどのように飛び、どんな兵装――つまり武器を用意しているのかまで、スクリーンを見るだけで分かる。それだけでなく、訓練が開始されミサイルが模擬発射されると、その軌跡まで自動的に計算してＣＧで描き出すことができる（最新の演習評価システムだ）。

しかし、手狭だな……。

火浦暁一郎は、管制卓の後方スペースに立ちながら、天井の低い空間を見回した。

通常の、身内同士の模擬空戦の時は、こんなに人は多くない。

今日は人いきれで、足の踏み場もないほどだ。

管制卓のすぐ後ろの中央に立つのは白人の高級将校――先ほど管制塔で第三〇七飛行隊所属のイーグルを見送った、在沖縄アメリカ空軍の大佐だ。付き添うのは、第六航空団の代表者である日比野防衛部長。銀髪の大佐の向こうには、さらに秘書役らしい若い大尉がついている。

その後方には臨時にテーブルが出され、アメリカ側のスタッフがノートパソコンを何台も並べている。床には黒いケーブルがのたくり、気をつけていないと躓《つまず》きそうだ。

ケーブルの束は階段を伝って地上まで伸びている。今朝飛来して司令部前のエプロンに停まっているC17輸送機の、機内通信システムと接続しているのだ。アメリカ側のデータリンクの情報を、有線で第六航空団の演習評価システムへ供給している。ノートPCに向かうのは情報オペレーターたちだ。

日本側の防空レーダーには本来映らないはずのF22二機が、スクリーンの左端から急速に移動する二つの紅い三角形として現れているのは、アメリカ側のデータリンクの情報が供給されているからだ。

「――――」

火浦は、ちらと振り返って、空間の隅を見やる。

観戦者は多い。飛行服姿で立っている小松所属の幹部パイロットたちに交じり、濃い青の制服姿でスクリーンを見上げるのは、技本の真田治郎三佐だ。

密《ひそ》かに配置した二機のE767の空中の位置は、この情況スクリーンには故意に出していない。地上レーダーとE767が連係してやり取りするレーダー情報も、わざと出していない。

アメリカの最高機密であるラプターと、空自の主力戦闘機がじかに模擬空戦を行える機会はあまりない。技術研究本部――いや空自の上層部がこれを最大限、利用しようと考えるのはもっともなことだ。

隠れて監視しているE767は、ラプターを探知しただろうか……？　漆沢一尉たち四名を、慣れていないのを承知でMSIP改修機に乗せた。上手く行けばE767からのデータリンクで、F22の所在と接近は分かっている。真田と協議した『作戦』で、探知したことはアメリカ側に悟られないようにする手はずだが――

ピッ

見上げるスクリーンでは、紅い二つの三角形が、先行する緑の三角形二つに向かって左の真横――西から接近する。みるみる近づいていく。表示される速度はマッハ一・五。

（しかし凄い……）

火浦はちらと腕時計を見る。

あの二機は、本当に昼ごろ嘉手納を出たのか……？

速い。

Ｆ22は、アフターバーナーを焚《た》かずに超音速を出せるという。つまり燃料をあまり消費することなく、エンジンに負担も掛けず超音速で『巡航』出来るのだ。Ｆ15イーグルも、出せる最高速度はマッハ二・五クラスでラプターと変わらないはずだ。しかしイーグルでは音速以上のスピードは「ここぞ」と言う戦闘のときに限定的に使う。沖縄から小松沖まで飛んでくるのにずっと超音速、というのはＦ15には無理だ。エンジンが過負荷に耐えられなくなる前に、燃料が尽きる。

「アイ・ファウンドアウト、サムシング・ストレンジ」

白人の高級将校の声が、左耳に聞こえて来る。

年齢は、四十代の後半か。中年の白人には珍しく痩《や》せていて、銀髪に蒼い目はシャープな印象だ。

さっきから、相手をする日比野克明二佐との会話は耳に入って来ていた。

日比野が要撃管制室と、スクリーンの演習評価システムの説明などをした。アメリカ人特有のリップ・サービスだろう、模擬発射されたミサイルの軌跡を描き出す機能を解説されると「ワンダフル」「アメージング」と感心して見せていた。

（――あの男……）

火浦は横目で、会話の様子を窺《うかが》う。

もともと、今日の模擬空戦は、あの大佐の階級章をつけた銀髪の男――今朝飛来した時にエドワード・ビショップと名乗っていたか――が本国の国防総省を通し、日本の防衛省経由で申し込んできた『試合』だ。部下のラプターのパイロットに、有視界の格闘戦を、空自の強いパイロットを相手にやらせたい。ついては、さきの戦技競技会で飛行教導隊を倒して優勝したチームがあるらしいから、そいつらとやらせろ。

（……漆沢たちの快挙が、アメリカ軍にまで知られているのは光栄だが）

火浦は、しかし数日前に話を聞かされた時、初めに違和感を覚えた。

空自の戦技競技会は、どちらかといえば若手の成長を促すため、若いパイロットたちの言わば「目標」として開催する。出場するのも若い連中ばかりで、ベテランは出ない。

それよりも、空自で格闘戦が一番強いのは文句なしに飛行教導隊だ。漆沢美砂生の率いるチームが彼らに勝てたのは、試合の直前、鏡黒羽が奇策を提案した。それがたまたま功を奏したのだ、と聞いている。本当に強い空自パイロットと模擬格闘戦をしたいのなら、飛行教導隊を相手に指名すればいいのだ。

「アイ・フィール、イッツ・ストレンジ」

エドワード・ビショップ大佐は、スクリーンを目で指して、横の日比野へ何か言っている——何か指摘しているのか。

火浦は、耳に入ったその会話を頭の中で翻訳した。

「何がおかしいのですか？」

日比野が英語で訊き返す。

「我が方のF15編隊は、あの通り、まだコンドル・ワンとツーの接近に気づかないわけですが」

「そんなはずはない」

ビショップ大佐が頭を振る。

「少なくとも、後続の二機は分かるはずだ。レーダーさえ働かせていれば」

何を話しているんだ……？

火浦は、アメリカ側の代表者の態度が気になった。

今朝、初対面で握手した時には笑顔で「君たちのエースは美人のようだな。スペクトラムのエンジェルかね」と、火浦にはよく分からない冗談を言った（あれはジョークだったのだろう、元ネタは分からない）。気さくな印象だったが――

気さく、か。

火浦には、少ない人生経験ながら、気をつけている対象がある。『笑顔の中年男』だ。これまで、いつもにこにこと明るい上司に、付き合ってみるとろくな奴がいなかった。

「コマンダー・ヒビノ。あの後ろの第二編隊の三番機と四番機は、なぜ先行の友軍二機にラプター襲来を告げて対応させないのかね？」

「……は？」

日比野が、アメリカ人の大佐に訊き返す。

「しかし大佐、まだ彼らは接近が分からないわけですから」

「そんなことはない」銀髪の将校は頭を振る。「発見できないはずはない。今日はあの二機には航空管制用の反射板をつけさせた」

「……？」

「普通に、レーダーに映るようにしてあるのだ。君たちが、この友好的な機会に妙な〈実験〉など試みないようにね」

「…………」

日比野が絶句する。

ばれている……？

火浦は、サングラスをしていてよかった、と思った。

日本海上空　G空域
F15ブルーディフェンサー一番機

(来た……!)

VSD画面の左手、距離三〇マイル。

相対方位は変わっていない。

風谷の計器パネルの右上、円型のIEWSディスプレーの左端にも赤い輝点が出た。

戦闘機の捜索レーダーの照射を受けている……。

「――――」

思わずバックミラーへ目を上げると、菅野の二番機が武者震いするように踊った。

左横を見やる。

同高度で来ている――左手は雪山のような積乱雲が、真っ青な空間にオブジェのようにそびえ立っている。

あの向こうからか……

「ブルーディフェンサー・フライト」

相手のレーダー照射を受けたのだから、もう行動に出てよいはずだ。

風谷は酸素マスクのマイクに告げた。

「ボギー、ナイン・オクロック。行くぞ、続け」

『ツー』

菅野の声が、打てば響くように応えるのを聞きながら風谷は両目の視界の端で水平線を摑み、操縦桿を滑らかに左へ倒した。

ざぁあっ

海が傾く。七〇度のバンク——水平線が縦に近い角度になり、操縦桿を引きつけると、ぐっ、と視界の全てが上から下へ流れる。しかしGは座席の真下へ向かってかかるので、不思議に『斜め』になった感じがしない。操縦桿を引き、さらにGをかけながら左手でスロットルを前へ。ノッチを越え、最前方へ押し出す。

「バーナー・オン」

ドンッ

背中でアフターバーナーが点火。

ぐんっ、と背中から押される感じとともに、イーグルの機体は左方向への回頭をたちまち終えて真西へ向く。

（――――）

ＶＳＤ上の紅い菱形を視野に入れながら、右手でバンクを戻す。水平姿勢へ戻すときにも、水平線を目の両端で摑んでいると機体の動きが滑らかだ。

水平姿勢にして加速。

布を裂くような風切り音と共に、フェースプレートに投影される緑の速度スケールが増えて行く。マッハ〇・九五、九七、九九――音速。軽く機体が跳ねる。ちらとミラーを見上げると二番機がやや離され、後ろについている。同じタイミングでアフターバーナーに点火しても、機動が滑らかでないとあのようにわずかに遅れる。数か月前までの自分が、そうだった。

目を戻す。右斜め前から、緑の速度スケールに重なるように尖《とが》った雪山のような雲が迫ってくる。風谷は紅い二つの菱形を、ＶＳＤ画面のてっぺんよりやや右側に置くように機首方位を調整する。積乱雲の真っ白い稜線《りょうせん》をかすめるように行く。

よし、この向きでまっすぐだ……。

水平線に眼を上げる風谷の耳に

『スリー、バックアップ』

『フォー』

女性の声が二つ。

気づいて、ＶＳＤ画面の下半分を見る。緑の菱形が二つ、重なるようにしながら風谷と同じように西向きに回頭している。斜め後ろ十数マイルを、並行して進む。高度は下がっている。

（そうか、よし）

3

小松沖　日本海
Ｇ訓練空域

「――――」

風谷は前方へ眼を戻す。

ヘルメット・マウント・ディスプレー（ＨＭＤ）の視界は、いま正面の青い水平線上に白い円が一つ。その位置でぴたりと止まっている。

キャノピーを包む、衣擦《きぬず》れのような音。まだ加速している。機体はアフターバーナーの大推力に押され突進しているが、不思議に姿勢はぶれない。ピッチ角〇度の線が白い円の中心を真横に貫き、ほぼ水平線に重なっている。視界の左端では速度スケールの白い数字がマッハ一・五からじりじり増え続ける。今日は増槽《ぞうそう》をつけていない。速度制限を気にせずフルに振り回せる——

右の高度スケールは『三〇〇〇』でぴたりと止まっている。戦闘に入れば、もう高度の維持など関係なくなるのだが、風谷が目の高さを水平線に合わせ、水平線の左右の端を目で掴みながら操縦桿を保持していると、意識しなくても不思議に高度はずれない。

（鏡が）

ふと、思う。

ここ一年、いつもペアを組んで訓練している鏡黒羽の機体が、どんな時にもふらつかず空中にぴたっ、と止まって見えていたのは、こういう操縦をしていたのか……。

後輩の、女子に「教えてくれ」と素直に言えるようになってから、風谷は様々なことが分かるようになって来ていた。一番初めに分かったのは、自分がこれまで何も考えずに飛んでいたということ、そして地上での時間を全く無駄に捨てていた、ということだ。

女子と言うこともあるのだろうが、鏡黒羽は飛行隊の中で、他人との深い関わり合いを持とうとしない。独りで、黙々と飛んでは研究をし、仲間と呑みにも行かず時間が余ると基地のジムで泳ぐか、飛行場の場周道路をジョギングしている。

隊長の火浦二佐が、風谷を黒羽とペアで組ませるようにしたのは、風谷と組んだ時だけ何故《なぜ》かこの女子パイロットは反抗的な態度を取らず、素直に二番機としてついて行く。それを見たからだという。

理由はよく分からない。逆に風谷からは、無口ではあるが一応、先任である自分の指示に従ってついてくる黒羽が、どうして隊の他の先輩パイロットたちから評判が悪いのか。その理由の方がもっと分からなかった。確かに、最初に組んだ時からやり易くはなかった。非常に上手い者が、下手な者に我慢して合わせて飛んでいる、という感じがした。

ピピッ

ＩＥＷＳの警告音がヘルメットの中で鳴り、同時に円型ディスプレーの頂点付近で赤い輝点が明滅した。二行の文字が素早く表示される。

（……！）

ロックオンされた。〈敵〉は、レーダーを捜索モードから照準モードに切り替え、パルスをこの機体に連続的に浴びせて来ている。

「――――」

風谷は考えるのをやめ、左の親指でスロットルの横腹についたスイッチを前方へスライドさせる。兵装選択、ＳＲＭ（短距離ミサイル）。

待機していた火器管制レーダーが自動的に起動し、前方の空間をスイープする。ＶＳＤ画面上の紅い菱形が息をつくように明滅して、オレンジに変わる。機の機載レーダーでも探知した。

(――探知出来た……!?)

風谷は思わず、目をしばたたく。

どういうことだ。

こいつらは……?

今日の敵は、レーダーで簡単に捉えられないはずではなかったか。

迫ってくる二つは、本当にラプターか。

いや慌てるな、距離二〇マイル、交差するまで四〇秒はある。ロックオンしてみよう。

左手の中指でスロットル・レバー前面下にある小さな円型コントローラを操作し、VSD画面上でオレンジの菱形の先頭の一つをカーソルに挟む。クリック。

MSIP改修機ではこの時点で自動的に敵味方識別が行われ、カーソルで挟んだターゲットが自衛隊機か、無害な民間機であれば、菱形が白色に変わる。

ロックオンした。色は変わらない。

HMDの視界、前方やや右手に四角い目標指示コンテナがパッ、と浮かぶ。この小さな四角形の中に〈敵〉がいるぞ、と教えている。距離一八マイル、おまけに雲の稜線にかかっている。まだ肉眼では見えない。

「菅野、変だロックオン出来る」

『ツー』

俺もだ、という菅野の声。

どうする。

有視界で格闘する、という演習だ。Ｅ767がデータリンクで教えて来た目標だ。自衛隊機でも民間機でもない、迷わず、こいつらと戦えばいい。

今日は俺が四機編隊のリーダーだ。

「コンティニュー、ミッション」

風谷はマイクに「任務続行」を短く告げると、巨大な雪山のような積乱雲の稜線を回り込むように、機首をやや右へ振って行く。

ＶＳＤ画面には、エイト・オクロック――左斜め後方にいる三、四番機が映っている。二つはほとんど重なってくっつきながら八時方向、一五マイル、高度は三〇〇〇フィート下の位置。

（――よし）

前方へ目を戻す。雲の白い稜線が、次第に視界の右側へどいていく。小さな四角い目標指示コンテナが白い稜線から離れる。積乱雲を自分の右後方へやり過ごし、前方には真っ青なだけの空間。

迫って来る、一二マイル。

目を凝らす。まだ四角いコンテナの中に、黒い点のような物は見えてこない。ラプターは前面投影面積が小さいのか……？　相対速度マッハ三——おそらく見えた瞬間が交差する瞬間だ。

ＶＳＤ画面上のオレンジの菱形の位置を見ながら、風谷は操縦桿を今度はわずかに左へ傾け、〈敵〉を自分の正面より、やや右へ置くようにした。

距離一〇マイル。

と
つつっ、と目標指示コンテナが滑るように左へずれる。

（……！）

この動き。

〈敵〉は、正面から接近し、俺の左側をすれ違おうとしている——

そうはいくか。

戦闘機同士の格闘戦——ドッグファイトは、互いに正面から近づき、すれ違いざまに急旋回して互いの後尾を取り合うように機動する。その時、相手のいる側へ旋回をするのがセオリーだ。

敵が自分の左側をすれ違ったら左、右側をすれ違ったら右へ急旋回する。将棋やチェスの定石と同じで、長年の研究でそうするのが最も早く勝てる方法とされている。

（くそ）

風谷は、今ロックオンしている〈敵〉の先頭機が、自分の右側を通過して、すれ違いざま互いに右旋回するように持って行きたい。

互いに右旋回に入れば、敵機はその直後、漆沢美砂生たちの三番・四番機の正面上方を腹をさらしながら横切ることになる。美砂生と黒羽は敵の腹の下という絶好の死角から突き上げるように食らいつける――

しかし左旋回になると、敵は三・四番機から離れる方向へ行ってしまう。

相手もそれを理解しているのか。簡単に罠《わな》にはまらない。そして左旋回の闘いに持って行きたがっているのか……？　戦闘機パイロットの一般的な習性で、右利きの者はどうしても左旋回が得意だ。右手で操縦桿を左へなぎ倒す（腕相撲と同じ）方が、特にGのかかる中ではやり易い。逆に右への旋回となると、手首を返して操縦桿を右へ倒さなくてはいけない。どうしても力が入りにくい、やりづらいと感じる。フライバイワイヤのサイド・スティックであっても、その感覚は同じはず――

六マイル。

相対速度マッハ三では十六秒ですれ違う。

熱線追尾ミサイルの射程に入る。相手は正面位置から、短距離ミサイルを撃ってくるか……？

分からない。風谷の機も、装備する短距離ミサイルはAAM5だ。敵機と対向する位置からでも撃てる。

敵との距離を火器管制システムが自動的に測定し、HMDの視野に五〇〇円玉大のFOVサークルがパッ、と浮かび出る。『IN RANGE（射程内）』の表示。

だが同時に『TEMP』という黄色い文字が出て明滅する。『弾頭温度が高過ぎる』と警告している。主翼下パイロンに装着した熱線追尾ミサイル——AAM5の弾頭に当たる空気が音速の一倍半を超える速度で圧縮され、赤外線シーカーの表面温度が上がり過ぎて、空間を隔てた標的の熱を充分に感知出来ない。

相手はどうだ。F22のミサイルはAIM9X、性能は風谷の国産ミサイルと同じだ。向こうは胴体内のウェポン・ベイに弾体を収納しているから圧縮熱の問題はないはずだが、いくら最新鋭でもこの速度でウェポン・ベイが開け閉め出来るとは思えない。

（くそ）

やはりすれ違って、こいつとドッグファイトか——

速度を目一杯つけておくのは、格闘戦の機動に備えて運動エネルギーを溜《た》め込むためだ。それはイーグルでもラプターでも変わらない。

風谷は、視界の正面に浮かぶ目標指示コンテナを睨《にら》みながら、操縦桿で機首を小刻みに左へ振る。

何とかして、〈敵〉を自分の正面より右側へ置けないか。敵機が、俺の右側をすれ違うように出来ないか――

だが

つつっ

四角いコンテナは滑るように風谷の左側へずれていく。

四マイル。

小松基地　地下

要撃管制室

「始まりますね」

「月刀か。すまんな」

火浦は、隣に立った長身の後輩パイロットにうなずいた。

ここへ下りる前に、雑用を頼んでいた。今入室してきたらしい。

月刀慧は、火浦の下で第一飛行班長を務めている。階級は三佐。航空学生では三年後輩だ。

火浦が第六航空団の第三〇七飛行隊隊長に就任した際、腕を見込んで引き上げた。

それまで月刀慧は、出世コースとは真逆の、腕はよいが組織の上の言うことを聞かないはぐれ者として知られていた。しかし火浦が組織の反対を押し切り、飛行班長という後輩の指導にあたる役職につけると、変わった。

「すまんな、雑用を押しつけて」

「いいんです」

月刀は書類を挟んだボードを脇に抱えたまま、スクリーンを見上げる。

「間に合って良かった。いきなり対向戦ですか」

「あぁ」火浦はまたうなずき、スクリーンを顎で指す。「風谷が、相手の一番機とツノを突き合わせてる」

スクリーンの上では、緑の三角形と紅い三角形が、左右からまっすぐに近づいて互いの頂点を突き合わせるところだ。

まるで正面衝突しそうだ。

と、紅い編隊の二番目の三角形が、一番機のやや左斜め後方へ間隔を離す。同時に緑の二番目の三角形も、一番機の右斜め後方へ間隔を取る。

「――」

「――」

全員が息を呑んで見上げる中、緑の一番機と紅の一番機が、互いに全く進路を譲らず、三角形の頂点同士をついに接触させる。

小松沖　G訓練空域
F15ブルーディフェンサー一番機

来た。

いくら機首を左へ振っても、その度に四角い目標指示コンテナは滑るように左へずれ、正面の位置を保ち続ける。〈敵〉は風谷の眉間へまっすぐに近づいて来る。

こいつは、ぶつける気か。

一マイル。

（……見えた！）

そう感じた瞬間、風谷はとっさに操縦桿を上へ引いた。

ブンッ、と唸りをあげて機が反応し、すべてが真下へ流れる。機首が瞬間的に天を向く
――その一瞬前、機首の真下を黒い影が猛烈な疾《はや》さで前方から後方へ擦り抜けた。肉眼で〈敵〉の姿が見えたのはその時だけだった。シートに叩きつけられるようなG。

「――ぐ」

息が出来ない。

次の瞬間ドガガッ、と突き上げられるような衝撃。一瞬強く揺れる。何だ……!? そうか、すれ違った相手の衝撃波か。

向こうだって、同じはずだ……!

『ツー、ブレーク、ライトッ』

ヘルメット・イヤフォンに菅野の声。二番機は自ら判断し右へ離脱——という連絡だ。風谷は垂直上昇姿勢に引き起こしたので、見えるのは頭上の空だけだ。その姿勢のまま、頭に航跡図を描く——いや、今日は頭の中に周囲の状況を描く必要がない。VSD画面にすべて出ている。

「ご、ごほっ」

風谷は酸素マスクのマイクへ怒鳴ろうとして、せき込んだ。錆《さ》び付き防止のため酸素系統のエアは完全に乾燥させられている。呼吸が速くなると喉《のど》がかれる。

「よ、よしプランBっ」

VSD画面では、敵の一番機が予想通りに左旋回を開始、菅野の二番機が右へブレークしてそれを追っていく。代わって敵の二番機が、上方へ離脱した風谷を追って、急上昇に入っている。下から見上げる角度で、レーダーでロックオンして短距離ミサイルを発射出来る体勢だ。

おちつけ。

風谷は自分に言い聞かせた。

出撃前のブリーフィングで、編隊の四人で打ち合わせをした。戦いの端緒で、こうなったらこうする、こう来たらこうする——もちろんすべてのパターンは予測し切れない。しかしいくつかの攻撃プランは決めておいた。

操縦桿で、ピッチ角九〇度の垂直上昇姿勢を保つ。F15の装備する双発のF一〇〇—IHI—二二〇Eエンジンは推力が大きいが、高い高度では空気が薄くなるので性能は低下し、機体を垂直に押し上げ続けてはくれない。敵と交差した瞬間にはマッハ一・六くらいあったスピードが、すでに音速以下に減っている。

ピピッ
IEWSがロックオン警報。

斜め右後方から、新たな敵の射撃管制レーダーにロックオンされた……。

「くっ」

すかさず太陽の位置を見る。駄目だ……。敵二番機は巧妙に、俺が太陽を背に出来ない方角から狙って来る。

VSD画面をちらと見る。データリンクは便利だ、背後の敵の位置が分かる——

風谷は唇を嘗めた。

「——来るなら来い」

小松基地　要撃管制室

「コンドル・ツー、ブルーディフェンサー・ワンをフォックス・ツーにロック」

スクリーンを見上げる管制卓で、アメリカ側の要撃管制官が英語でコールした。

フォックス・ツーにロックとは、相手を短距離ミサイルの照準に捉え、発射体勢に入ったと言う意味だ。

「間もなく発射します」

「——」

フロアの中央で見上げている白人将校——ビショップ大佐が、横顔で眉をひそめ、小さく頭を振る。

何だ、あの日本の一番機はもうやられるのか。そう言いたげだ。

情況表示スクリーンは、G空域の平面上の位置関係を描き出すだけだ。各機の高度は、その三角形シンボルの横にデジタル数値で表示される。

今、ブルーディフェンサー・ワン——日本側のF15一番機は、拡大されたG空域の一角で動いていないように見える。高度の数値だけが跳ね上がっているが、その位置で止まっているように見えるのだ。

コンドル・ツー、すなわちアメリカ側F22の二番機は、止まっているF15一番機の周囲を回り込み、急速に三角形の尖端を突き刺すように向ける。それもF15の位置をいったんやり過ごしてから、急旋回の上昇で尖端を向けていくので、真南にある太陽とはかなり角度がずれる。

ビショップ大佐が「フン」と肩をすくめた。

火浦は、その様子を横目で見て『無理もない』と思った。

(ま、そうだよな)

拍子抜け、か。

白人の大佐は、制服の胸にウイングマークをつけている。もう現役ではないかも知れないが、操縦資格を持つパイロットなのだ。こういう時の戦い方のセオリーも、熟知しているのだろう。

熱線追尾ミサイルにロックオンされたら、まずパイロットが考えるのは、すかさず機を太陽の方角へ向ける。後方の敵から、自分が太陽と重なって見えるような位置へ移動する。ミサイルの赤外線シーカーが『目つぶし』をされ、自分の機のエンジン排気熱を追えないようにするのだ。それでもミサイルが発射されたならば、フレアを放出する。機体後部のディスペンサーから花火のような欺瞞熱源《ぎまんねつげん》を放出しながら、エンジン推力を絞り、急機動で離脱すればミサイルは欺瞞熱源を追いかけて行って外れる。

もっともこれらはありふれた方法であり、現代では対策が講じられている。特にF22の装備するＡＩＭ９Ｘサイドワインダーは最新型の熱線追尾ミサイルで、単なる熱源でなく『敵機の形状』を赤外線で捉えて追尾するので、太陽へ向けてもフレアを撒《ま》いても騙《だま》されない、と言われている。

通常の空自の訓練では、格闘戦の最中、短距離ミサイルを後方から発射されたパイロットがフレアを撒く操作をすると、それがデータリンクで演習評価システムに伝えられ『ミサイル攻撃無効』の判定が出される。しかし今回の演習ではアメリカ側との調整で、フレアを撒いても攻撃無効にはしないと取り決められている。F22にＡＩＭ９Ｘで狙われ、いったん発射されればF15は逃げられない、撃墜——ということにされる。

スクリーンの緑の三角形——ブルーディフェンサー・ワンは平面上の位置が変わらず、高度だけが増加し、速度の数値は急激に減って行く。何を考えているのか、その場で垂直に上昇しているのだ。推力／重量比が1を超えるF15でも高々度となれば、機首を垂直に天へ向け続けていれば急激に速度を失ってしまう。

戦闘機が空中戦で速度を失えば、従来のセオリーではそれは『死』を意味する。

要撃管制室のフロアに立つ全員が、その様子に注目した。

「急上昇で、ラプターも音速以下になった」月刀が小声で言う。「ウェポン・ベイが開く。やられますよ」

「────」

だが火浦は腕組みしたまま、黙って見上げ続ける。

他の人々のような『あいつは何をやっているんだ──？』という表情ではない。

前に、これと似た情況を見たことがあるからだ。

（──風谷）

ただし問題は、あそこの風谷に『それ』が出来るのか、ということだ……。

4

日本海　G空域

F15ブルーディフェンサー一番機

（来い）

風谷はピッチ角九〇度──機首を垂直に天へ向けたまま、VSD画面をちらと見た。

オレンジの菱形——敵の二番機は風谷の右後方三マイル、高度差一〇〇〇フィート下——いや八〇〇フィート下から急速に近づく。

データリンクのお陰で、襲って来る敵機の高度が分かる。自分との高度差がみるみる詰まるのは、風谷のF15が垂直姿勢のまま空中に止まりかけているからだ。

ヘルメット・マウント・ディスプレーの視野左端の速度スケールが、みるみる減る。一二〇ノット、一〇〇ノット、八〇——上昇の勢いがなくなり、身体がシートから浮きそうになる。右の高度スケールは五〇〇〇を超え、高度の増え方も鈍くなる。今にも空中停止——

ピピッ

IEWSの円型ディスプレー右下で、赤い輝点が明滅する。

撃たれる——

風谷は目を見開く。

今だ。

(……!)

視野の外側に、水平線の位置を掴むと左手でスロットルをスムーズに絞りながら右手で操縦桿を引く。優しくやれ——優しくだ、さっきと全く違う、速度が無い。高度五〇〇〇フィートまで昇ってしまうと空気も薄い。舵《かじ》の反応がスカスカだ。

出来るか。いや、やるんだ。

ふらつくな、左右どちらにも傾くな……！　頭を動かさないようにし『傾くな』と念じながら、風谷は操縦桿を滑らかに引きつける。視野の中で空が動く――垂直に天を向いていた機首が、蒼の中で後ろ向きにフラッ、と動き、仰向《あおむ》けになっていく。倒れる――逆さまの水平線が頭の後ろから下がってくる。

「――くっ」

背面。

操縦桿を押す。機首の動きを止める。目を上げると、機はほとんど宙に止まり、地球がすべて逆さまに、自分の頭の上にある。遥か頭上（真下）に白い雲の張り付いた大海原。ラプターが海面を背にして、どこから突き上げて来るのか一瞥《いちべつ》しただけでは分からない。ただ、わずかな秒数だが俺は確かにこの機を宙に背面で止めた――

（――撃てるものなら）

頭上、いや真下を睨みつつ風谷は思った。

この俺が『見える』か。撃てるものなら撃ってみろ。

小松基地　地下
要撃管制室

「コンドル・ツー、レーダーコンタクト・ロスト!」

アメリカ人管制官が、振り向いて報告した。

「ブルーディフェンサー・ワンを見失いました。ロックオン外れましたっ」

「……!?」

白人将校が、横顔で蒼い目を剝《む》く。

何が起きた……!?　という表情。

だがすぐに
「目視で、ガンを撃て」

鋭く言う。

この場所から編隊を指揮できるわけではないが、命令口調だ。

だが
「駄目です、コンドル・ツーは敵をレーダーで見失いました」管制官はヘッドセットを手で押さえるようにして、スクリーンを指す。「レーダーから消えた、と」

「交信をスピーカーに出せ」

「――」

「――」

火浦は、月刀と共にスクリーンを見上げながら、横目を見交わし合った。

あの〈技〉を使ったか……。

今、スクリーンでは緑の三角形の一つ――〈BD1〉と表記されたシンボルが、デジタルの速度表示をほぼゼロにした。高度表示は五三〇〇で止まる。

戦闘機が搭載する火器管制用レーダーは、例外なくパルス・ドップラーレーダーだ。

空中戦で上空から下方の目標を捜索するとき、相手が低空で海面を背にしていると、通常のレーダーでは海面からの反射の中に相手機は塗りつぶされるように紛れてしまい、発見出来ない。しかしパルス・ドップラーレーダーでは、一面の海面反射の中から『動くもの』だけを拾い出して探知することが可能だ。

陸地や海面を背にした下方の敵を、発見し照準出来ることをルックダウン能力と呼ぶ。このルックダウン能力を得るため、現代のすべての戦闘機はパルス・ドップラーレーダーを装備する。だがただ一つ、欠点がある。『動いていないもの』は映らないのだ。

ホヴァリングしているヘリコプターは、パルス・ドップラーレーダーでは発見出来ない。

たとえ空中に浮いていても、その物体の運動速度が五〇ノット（時速九〇キロ）を切ると、もう発見出来ない。それまでレーダーに映っていた物体でも、運動速度が減って宙に止まりかけると、レーダー画面から消えてしまう（もちろん地上の防空レーダーでは捉えられる）。

『コンドル・ツー、ターゲット・ロスト。レフトターン、ブレーク』

天井のスピーカーから若い男の声。

無線は、酸素マスクのエアを呼吸しながらの声だ。シュッというノイズが混じる。

同時にスクリーンでは紅い三角形が尖端を左へ回し、一度は食らいつく寸前まで近寄った緑の三角形から離れる。

わけが分からなくなったから、いったん離脱する——そう言いたげな口調だ。

「…………」

蒼い目でスクリーンを見上げるビショップ大佐が、小さく唇の端を歪《ゆが》める。

それを横目に、月刀が小声で言う。

「火浦さん。俺ならレーダーコンタクトをロストしても、何とか目視で相手を捉え続けてブタ勘で機関砲をぶち込みますがね」

「いや、難しいぞ」火浦も声を低め、頭を振る。「たとえレーダーのアシスト無しで、目視で狙うことが出来ても、空中に止まっている標的なんて、お前撃ったことあるか？」

「そういえば――」

「それに、今の戦闘機パイロットは皆、ロックオンして目標指示コンテナの中に囲まれた相手機を見るのに慣れてる。あの四角いボックスが目の前から突然消えたら、たちまち相手を見失ってしまうさ」

G空域　F15ブルーディフェンサー一番機

（――いたっ）

風谷がF15をほとんど空中に止め、機体に背面姿勢をキープさせたのは三秒間だった。

それで十分だった。

逆さになって見上げた視界の中で、大海原を背景に、何か鋭角の小さな物がキラッ、と太陽光を跳ね返して反転した。

ラプターか。

相手側の交信が聞けないので分からないが、多分俺をレーダー上で見失い、わけが分からなくなったので一度戦域から離脱するつもりだ。

バーチカル・リバース。

高度な技だ。垂直急上昇で、速度エネルギーをすべて高度に変え、性能限界ぎりぎりで機体が宙に止まろうとする瞬間、背面にする。下から追って来る敵機のレーダーからは、その瞬間『消え失せる』ことが出来る。

追って来る敵機は、こちらをレーダーでロックオンしている間は、ヘッドアップ・ディスプレー上で目標指示コンテナが機影を囲んでくれるから、その中を見て追えばいい。しかしロックオンが外れ、白いボックスが消えてしまうと、こちらが宙に止まったせいで相対運動速度は逆に大きくなっている。今、下で反転したあいつは、たちまち目視でも俺の機影を見失ったんだ――

わけが分からなくなったら、取り敢えずいったんブレークしてその場を離れろ。

空中戦訓練で最初に教わるセオリーだ。

ラプターは取り敢えず、離脱した。

俺だって、レーダー無しで敵機を見つけ出すのは難しい。でもあそこで反転してくれたお陰で、あいつが太陽光を反射する瞬間を目で捉えることが出来た……。

「そこかっ」

風谷は、一瞬光って身を翻した小さな鋭角のシルエットから絶対に目を離さないようにして、操縦桿を引いた。

だがその瞬間

グラッ

「――う、うわっ」

空気が薄い……！　高度五〇〇〇〇フィート超、速度をほぼゼロにして機体を背面で止める――などという芸当は、実は並の腕の者には無理だ。

風谷は、以前一〇〇〇〇フィート以下の低空で、この技を使った。機首を真上へ向けてスロットルを絞り、機体を宙に止めて背面にするのも難しくは無かった。

だが高空では恐ろしくデリケートなコントロールが要る。空気が極端に薄くなり、舵面《だめん》が利かない。失速状態で背面にする時、わずかでも荒い舵を使えばバランスは崩れ、左右どちらかへ大きく傾いてスピン（錐揉《きりも》み）に入ってしまう。主翼が揚力を発生していないから、石ころのようにおちる。

背面姿勢をキープしている間、風谷は鏡黒羽に教わった通り、自分の視野の左右の端で水平線を掴むように見続けていた。水平線に『動くな』と念じ、それによって崩れそうな姿勢を、微妙な操縦桿のコントロールで保っていたのだ。

だが『あいつを追おう』と、思わず目の焦点を下方の小さな鋭角の影に集中させた瞬間。風谷は水平線を見られなくなった。おまけに、とっさの操作で操縦桿を荒く引いた。

途端にF15は姿勢を大きく崩し、右回りに傾くと同時に機首を下へ向けながら斜め軸廻り旋転に入った。

グルッ

視界が回る……！

「くっ」

し、しまった……！　機体が大きく回転、石ころのように転げ落ちる。一瞬マイナスGで身体が浮くが、次の瞬間横向きに思い切り振り回された。

ブンッ

「ぐわっ」

な、何だこの動きは……!?

「く、くそっ、これ――痛っ」

舌を噛む。これは錐揉みじゃない、単なるスピンじゃない。

ディパーチャーだ……！

普通の錐揉みは旋転に入っても、目の前で大地がぐるぐる回るだけだ。慣れれば怖くない。しかしこの回転の仕方――

振り回される。頭の上の大地に向かって、回転しながらおちていく――『味噌《みそ》を擂《す》る』みたいに景色がぶれる。ぶれ方が激しすぎて、どっちを向いておちていくのか分からない

……！

「う、うわぁあっ」

小松基地　要撃管制室

「……!?」

火浦はスクリーン上で一瞬止まった緑の三角形――〈BD1〉の挙動に、サングラスの下で目を見開く。

あれは――

まずい。

G空域　F15ブルーディフェンサー一番機

ブォオッ

遠心力と横Gでもみくちゃにされ、風谷は思わず悲鳴を上げた。

「うわぁっ」

その時

『両足』

ふいに、ヘルメットのイヤフォンに声がした。

空耳ではない。低い、女の声。

『両足を、強く踏め、均等に！』

叱《しか》りつける声は、マスクのエアを吸うシュッ、というノイズを含んでいる。

分かる。鏡黒羽の声――

『両足踏んで、スティックを一杯に前！』

な、何だ、なんて言われた……!?

『それから地面に「止まれ」って言え！』

「――く、くそっ」

息が出来ない。Gで胸が圧迫され、吸い込めない……！　風谷はマスクの下で顔をしかめ、両足に力を入れようとする。

だが
ブブンッ
不規則な遠心力がかかり、風谷をシートに叩きつける。

くそっ……！

小松基地　要撃管制室

「まずい、ディパーチャーだ」

火浦は、スクリーン上の緑の三角形〈BD1〉が尖端の向きを不規則に変え、カクカクと廻り始めた様子に眼を剝いた。

同時に居合わせる航空団の幹部パイロットたちも、一様に息を吞む。

これは。データリンクで送られて来る機首方位の数値が、不規則に激しく変動している。

一方、高度の数値は急激に減っていく。

間違いない、ディパーチャー――操縦不能の発散運動に陥ったのだ。普通の錐揉みとは違う。錐揉みはコントロールされた運動だ。ディパーチャーはパイロットのコントロールが利かなくなり、勝手に回転しながら機体が落下していく。もしも回復が出来なければ、そのまま石ころのように海面に激突する。

「火浦さん」

「――」

今日の相手は、ラプターだ。

以前、鏡黒羽が空自のF15同士の模擬戦で、同じバーチカル・リバースの技を使って相手の目をくらまし、勝利を収めたのを見たことがある。菅野一朗もその後、演習でＴ４改に搭乗した際、真似して同じ技を使っているが――どちらも高度は四〇〇〇〇程度だった。五三〇〇〇フィートは、空気の薄さがまるで違う。

ラプターに追われ、空中に止まることでレーダーから消えて見せる。ラプターはわけが分からなくなり、いったん離脱する。そこを切り返して背後から追うわけだが、相手のエンジン推力が段違いに大きい。ただ追ったのでは逃げられる。相手を捉えるには、Ｆ15の側は目一杯高度を上げて位置エネルギーを溜めておき、そこからアフターバーナー全開で逆落としに追いかけるしかない。

あいつらが考えて、事前に計画した〈秘策〉かも知れないが――五三〇〇〇フィートで背面で止まる、というのはＦ15のマニュアルに記載された性能グラフの運動包囲線の、一番右上の『隅の隅』を使う。一つ間違えれば操縦不能になる。

「救難隊を出動させますか」

「うむ――あ、いや待て」

火浦は月刀の言葉にうなずきかけたが、管制卓の要撃管制官へ指示した。

「我が方の交信もスピーカーに出せ」

火浦が命じると同時に管制官が「はい」とうなずき、管制卓のスイッチを入れる。

途端に

『地面に「止まれ」って言え！』

アルトの声が、スピーカーから叫んだ。

G空域　F15ブルーディフェンサー一番機

「――く、くそっ……！」

風谷は歯を食い縛る。

ひどい回転だ――目の前が空になったかと思うと、ぶわっと反対向きに振れて大海原が猛烈な勢いで視界を流れ、ぐるっと三六〇度回転する。いったいどんな運動をしているんだ……!?　凄《すさま》じい風切り音。猛烈な降下率で落下しているのは分かる。海面まで、あとどのくらいだ……ＨＭＤの高度表示が読み取れない。

風谷は勝手に運動する機体の、回転の向きが変わる瞬間を狙ってまず息を吸った。横Ｇが抜けるのは、その一瞬しかなかった。

「はぁっ、はぁっ、く」

それから、両足をラダーペダルにかける。錐揉みからの回復の場合は、まず機体の回転と逆方向へラダーを踏め、と教わる。それで回転が止まる。ところが左右どちらへも不規則に回転するディパーチャーでは、片方のラダーを踏んだら余計発散運動がひどくなる。だからもしもディパーチャーしたらまず、両方のラダーを均等に強く踏んで、機首の動きを押さえろ――

黒羽がレクチャーしてくれた回復法だ。無線で怒鳴られ、思い出した。

「くっ」

両足を、強く踏み込む。思い切り踏む。

フリーの状態で微動していた二枚の垂直尾翼の方向舵が、油圧の力でぴたりと止まると。不思議なことに強く振り子のように揺れていた前方視界が、ぐううっ、と首根っこを摑まれるように抑えられていく。

(――操縦桿を、前だ……!)

地面よ、止まれ。

そう言うんだ。

黒羽は教えてくれた。「風谷三尉。リクツじゃない、地面にそう言うと、止まる」

「ええいっ」

右手で操縦桿を、思い切り前へ。振れの止まった機首を重力の方向へ向ける。まだ回転している。

だが、分かるぞ。回転の方向は分かる、今度はラダーで止められる……!

回転は、左か。

地面よ止まれ。

そう念じながら、両足で押さえつけたラダーペダルを、両足で踏む力は抜かずにそのまま、ぐい、と右方向へ踏み込む。

ぐん

頭の上に覆いかぶさっていた大海原が、回転をやめる。だがまだ、真っ逆様に落下している。ＨＭＤの高度表示が読める。一八〇〇〇、一七〇〇〇、一六〇〇〇――

引き起こせ。

「――はっ、推力」

スロットルが、アイドルのままだ。目を上げる。速度は。マッハ〇・九――

ラム圧はある、フレームアウトはすまい……。

エンジンは廻っているか。ちらと計器パネル左下のエンジン計器を見る。二列の回転計、排気温度計は『生きている』。止まってない。

（よし）

左手でスロットルを握り、スムーズに前へ出しながら、同時に右手で操縦桿を引き起こす。一杯に前へ押していたからストロークが大きい。引く。昇降舵が反応する。

キイイインッ

機首が起きる——前方視界いっぱいを占めていた青黒い海面が下向きに流れ、下向きにGがかかる。水平線が視界の上から下がってきて、目の前で止まる。

水平飛行。

「はぁっ、はぁっ」

要撃管制室

「おう」

「おぉ」

スクリーン上の緑の〈BD1〉が不規則な回転を止め、一四〇〇〇フィートで水平に引き起こし始めると、見上げていた飛行隊のパイロットたちから思わず、という感じで声が漏れた。

救難隊の出動は、とりあえず要らない……。

「火浦さん、あれを」

月刀がスクリーンを指す。

「菅野が、敵一番機と水平巴戦《ともえせん》に入っています」

示された通り。

スクリーンの一方では菅野一朗の二番機――〈BD2〉と表示された緑の三角形が、赤いラプターの一番機〈CD1〉と互いの後尾を取り合うように水平に廻り始めている。

初めは、左旋回して行くラプターに菅野が後方から食らいつこうとしたが、追いつけず、同一円周上を旋回しながら互いの後尾へ食いつこうとする巴戦に入った。

「――――」

火浦は腕時計をちらと見る。

まだ、戦闘開始――風谷が最初に敵一番機とクロスして急上昇したその瞬間から、九十秒しか経《た》っていない。

スクリーンの戦場では、風谷機を見失っていったん南東方向へ急降下で離脱した〈CD2〉――ラプター二番機が、赤い三角形の尖端を回して、戻ろうとしている。

あと二つの緑の三角形――〈BD3〉と〈BD4〉は、戦場の南西後方から駆け付けようとしている。まだ間合いは一〇マイル以上。

風谷機は、平面上の位置がほとんど変わらない――

「まずいぞ」

火浦は思わずつぶやく。

「敵二番機が、風谷を見つけた」

『信じられん、奴はいつの間にこんなに高度を下げた……!?』

スピーカーにコンドル・ツーのパイロットの声。

驚きが混じっている。

『今度はコンタクトした。ロックできる、仕留める』

5

日本海　G空域
F15ブルーディフェンサー二番機

「くそっ」

菅野一朗は、最初の瞬間『もらった』と思った。

戦闘の始まった瞬間――一番機の風谷が、相手の意表を突く形で真上へ上昇すると、敵二番機はそれを追って上がって行った。「プランB」だ……!

同時に菅野の視界を左から右へ鋭い影がブンッ、と吹っ飛ぶように横切る。

あれが……!?

それが左急旋回に入ったF22ラプターの一番機だと気づくのに、数分の一秒。これまで空中では見たことのない形状の機体。

「――待て、こらぁっ」

一瞬、腹を見せて目の前を横切った機影――あれがステルス戦闘機かっ……。

菅野は目で追う。反射的に操縦桿を右、イーグルの機首を強引に右へ振ると、たちまち小さくなる鋭角のシルエットを追った。水平線が傾く。

（目を離すな、目を離すな、目を離すなっ……！）

機影を追いつつ、右の親指で操縦桿横腹の自動照準スイッチを押し下げ、レーダーをスーパー・サーチモードに。

ＡＰＧ63火器管制レーダーは、スーパー・サーチモードにすると、ヘッドアップ・ディスプレーの視野内に入る飛行目標を自動的にロックオンする。

だが鋭い機影は、四角いコンテナに囲われる寸前フッ、と今度は左方向へ吹っ飛ぶように行く。小さくなる。左へ旋回している。疾い……！

「逃げんなっ」

操縦桿を今度は左へなぎ倒す。水平線がグルッ、と反対向きに傾く。流れる水平線のすぐ上、鋭角の影が滑るように逃げていく。たちまち視野の左端へ消えそうになる。なんて速い旋回――！　菅野は操縦桿をさらに倒す。九〇度に近いバンク。

「クッ」

水平線がほとんど縦になり、視界を上から下へ激しく流れた。それでも水平線の上を、黒い機影は菅野の目の上の方へ逃げていく。

「Gが足りねぇっ」

操縦桿を引く。ずんっ、と身体が重くなり、水平線がさらに猛烈に流れる。顔から血の気が引き、額が涼しくなる。左手でスロットルを最前方、アフターバーナー全開。さらに操縦桿を引く。

「――ううぐっ」

菅野のF15は、六Gをかけて左急旋回、黒い鋭角の機影を追う。

だがヘルメットの眼庇《まびさし》のすぐ上方に浮いて見える小さな鋭いシルエットは、菅野が右腕で操縦桿を引きつけ、思い切りGを掛けても、ぐんぐん上へ（九〇度近いバンクで旋回しているので相手の位置は視界の左ではなく、目の上に見える）逃げていく。

頭が重い。何だこの――少しでも視線を下げるとヘルメットごとグレアシールドの下へ押し下げられそうだ……。

「くそっ」

巴戦かっ……！

同一円周上を旋回しながら、互いに相手の後尾に食いつこうとする戦い。

巴戦は、単純だが、機の性能とパイロットの胆力を最大限に要求する。

唸りをあげながら、イーグルは最大推力、最大Gで急旋回し、ラプターを追う。

ロックオンしたい……！　だがスーパー・サーチモードでは、自動でロックオンしてくれる代わりに、相手をヘッドアップ・ディスプレーの視野の範囲内に入れなくてはならない。

だからといって今のこの体勢で、VSD画面を見ながら敵のターゲットをカーソルで挟んでクリックするなんて、無理だ。

くそっ。

（目を下げるな。目を下げるんじゃない、このやろう、もて俺の首……！）

菅野は歯を食いしばり、視線を上げたまま左手の親指で、兵装選択を〈SRM（短距離ミサイル）〉に。

いや、決して不利じゃない。

真後ろに、食らいつけなくても……！

ヘルメット・マウント・ディスプレーのフェースプレート上に、五〇〇円玉大の円――FOVサークルがパッ、と浮かび出る。右の親指で自動照準スイッチをもう一度押し下げ、視線照準モードにする。途端に、視野の中でFOVサークルが踊るように動き出す。

君たちがF22に対して唯一、優位に立てる装備がある。

前の日にブリーフィングしてくれた技術幹部の声が、頭をよぎる。

「いいか。これがヘルメット・マウント・ディスプレーだ。米軍ではイスラエル製が採用されているが、これは国産の試作品だ」

「――――」

「――――」

会議室のテーブルに、真新しいグレーのヘルメットが置かれていた。

DACTに参加する四名のメンバーで、覗き込んだ。

普通のヘルメットよりも、透明なバイザーの部分が大きい。それにヘルメットの右サイド部分から、黒いケーブルが伸びている。ケーブルは、接続ボックスを介して、横に置かれたパソコンに繋《つな》がれている。

「説明しよう」

真田治郎三佐は、バイザー部分を指した。

「これまでは、熱線追尾式のAAM3ミサイルを敵へ向け発射したければ、まずレーダーでロックオンし、正確に距離を測った上でヘッドアップ・ディスプレー上に浮かぶFOVサークルの中へ敵の機影を入れて、ミサイル弾頭の赤外線シーカーに敵のエンジン排気熱を捉えさせなくてはならなかった。敵のほぼ真後ろに、回り込んで食らいつく必要があったのだ。しかし」

「――」

「――」

「被《かぶ》ってみたまえ」

真田三佐は菅野に言い、大振りの透明バイザーのついたヘルメットを手渡す。

「実験台になってくれ」

「俺が、ですか？」

「そうだ」真田はうなずく。「被って、バイザーを下げてみろ」

菅野は、新しいヘルメットを両手で自分の頭に被せた。少しきつい。

「ダミーの表示を出してみよう。どうだ」

「――おう」

思わず声を上げる。

「すげぇ」

（――すげぇのはいいけどっ……！）

菅野は操縦桿を思い切り引きつけ、Ｆ15の機体をバンク九〇度で旋回させながら心の中で唸った。

ギシギシッ
ギシシッ
重いじゃねぇか、このやろう……！

水平線が縦に激しく流れ、機体フレームがきしむ。揺れる視界の中、ＦＯＶサークルも跳ねるように揺れている。

わずかでも、腕を引きつける力を緩めると。その瞬間フッ、と黒い機影は菅野の視野を上の方へ移動する。頭の上の方へ逃げて行ってしまう。

(――く、くそっ)

見るだけでいいんだ。

でも、首が上がらねぇ……！

(な、何が二〇〇グラム――)

真田三佐の説明を、思い出している場合ではない。しかし――

「重いんじゃないんですか？」

質問をしたのは、風谷だ。

菅野が試した後、次の順番でヘルメットを取り、手で重さを測りながら訊いた。

「これは俺たちが通常使っているヘルメットと、どのくらい違うんです？」

「軽量化には成功している。重量の違いは、たった二〇〇グラムだ」

真田はうなずいて言う。

「たった二〇〇グラム重いだけで、ヘッドアップ・ディスプレーも使わずに飛べる。飛行に必要な諸元は、簡易表示だがバイザーのフェースプレートに投影されるからな。君たちは敵機と遭遇したら、機動して後ろへ廻り込む必要も無い。ただ見ればいいんだ」

「ただ、見る……？」

「そうだ二尉。兵装選択を〈SRM〉にし、操縦桿の自動照準スイッチを押し下げて視線照準モードにすると、フェースプレートに浮かぶFOVサークルは君たちの眼球の動きに追従する。敵機を『見て』、FOVサークルがシルエットに重なり、明滅したら自動照準スイッチをもう一度押せ。ヘルメットと連動した新型のAAM5ミサイルは、それで敵機の熱源にロックする。見えさえすれば、敵機が真横にいたっていい。エンジンノズルがこちらを向いていなくてもいい。発射トリガーを絞ればミサイルは跳んで行く」

「真横――っていうことは、レーダーでロックオンしなくても……？」

「レーダーのロックオンは必ずしも必要ない」

真田は頭を振る。

「AAM5の優れた赤外線シーカーは、敵機の形状の大きさと熱源の強さで、射程内にあるかどうかを自動的に判定する」

「…………」

「どうだ。凄いだろう、しかもこのヘルメット・マウント・ディスプレーのシステムは、F22には搭載されていない」

「F22に？」

「搭載されてない？」

「そうだ」真田はうなずく。「初めは載せる計画もあったらしいが、テスト段階でコクピット内のシステムと電磁干渉《や》を起こしてしまい、適合しなかったと聞いている。そのうちに搭載計画そのものが取り止めになった」

「取り止めに？」

「そうだ。本来ラプターは、遠距離から敵を発見し、気づかれないうちに中距離ミサイルで仕留めてしまおうという戦闘コンセプトだ。一方、ヘルメット・マウント・ディスプレーは接近遭遇戦のためのものだ。格闘戦で、熱線追尾ミサイルを、敵が自分に対してどの方向に居ようと撃てるようにする。しかし敵機と近距離で格闘戦にもつれ込むような情況は、F22では最初からあまり想定していない。だから連中は『格闘戦などほとんど起こり得ない』として、たとえ二〇〇グラムでも重たいヘルメットをパイロットに被せることは止めにした。それがいいのかどうかは分からん」

「――――」

「――――」

「ラプターはイーグルよりもエンジン推力に優れ、格闘機動になっても強い。だが君たちにはヘルメット・マウント・ディスプレーとＡＡＭ５ミサイルがある。敵の真後ろへ食らいつけなくても、オフ・ボアサイト攻撃でやっつけてしまえ」

　駄目だ、頭が上がらない……！

「……ううぐっ」

　菅野はどうしても、旋回の輪の反対側――キャノピーの天頂部に陽を浴びて輝きながら見えるはずのラプターを、じかに見ることが出来なかった。

「ぐぐっ」

　顎を、上げることが出来ない。目の前の空間しか見られない。機首のすぐ前しか――

　ＨＭＤのフェースプレートに、震えるように浮かび出るＧの表示。七・八から増加して七・九、八・〇――八・一Ｇ。たった二〇〇グラム重いだけでも、今はその八倍――一・六キロの重しが、いつもより余計に菅野の頭を押さえつけている。首の力で、頭を上へ持ち上げることが……。

くそっ。

これでは、奴を照準してやっつけるどころか、俺が後ろに食いつかれてしまう……！

最初は『しめた』と思ったが――

罠にはまったのは、俺の方なのか。

これがイーグルとラプターの性能の差……⁉　同じ半径を同じGで旋回して、こっちはズルズル速度が減っているのに、向こうはむしろ増速している。

『菅野君、持ちこたえて』

声がする。

飛行班長・漆沢美砂生の声。

『こちらは超音速、一分で行く』

「ま」

一分……⁉

間に合わない……！

奴が左旋回に入ったせいで、三・四番機とは離れる方向へ来てしまった。

このままでは、三番機の漆沢美砂生がＡＡＭ５の照準を合わせる前に、奴は俺の後ろへ
――まずい。

（――いや待て）

菅野は、八Gの全力旋回を歯を食い縛って続けながら、思いついた。

待て。

まだたった一つ、勝てる方法がある。

小松基地　要撃管制室

「菅野機、離されます」

情況表示スクリーンでは、今、緑の三角形と紅い三角形がお互いの後尾に食いつこうと、一つの円を描いて廻っている。位置情報の更新は一秒おきなので、三角形はクッ、クッ、という断続的な動きだ。それでもデジタルで横に表示される飛行諸元の数字で、実際の機動の様子は摑める。

初めは、菅野の〈BD2〉が、紅い〈CD1〉に後ろから食いついていくように見えたのだが――

「むぅ」

火浦は唸った。

水平巴戦か。

双方とも八Gで旋回している。しかし〈BD2〉は速度表示がマッハ〇・八、じりじりと速度が減っていくのに対し、〈CD1〉の方は逆に速度が増えている。マッハ〇・九、一・〇——まだ増える。だんだん、円周を回って緑の三角形の後尾に近づいていく。

信じられない……。

「信じられません」

横の方で、日比野が英語で言う。

「あのGで旋回しながら、速度を増やすとは」

「ラプターは、上へ行ったり下へ行ったり、そういう機動戦闘をする必要がない」

ビショップ大佐は、頭上の戦いぶりに満足しているふうではないが、日比野に解説するように言う。

「高Gで廻りながら、あのように加速出来る。だから必要に応じて、相手をやり過ごしたければスピードブレーキを使って減速し、相手を前へ出してから速度が欲しくなったら、またパワーを入れればいい。たとえ格闘戦となっても敵は居ないはずなのだ。本来は」

「……?」

「火浦さん」

すぐ横で、月刀が言う。

「この態勢になったら、菅野にほとんど勝ち目はありません。たとえ巴戦をやめて旋回の輪から脱しても、必ずある瞬間、相手の前方を後ろ姿丸出しで通過するから必ず撃たれる。逃げられない」

「その通りだ」

火浦も腕組みし、うなずく。

「漆沢の三番機が駆けつけようとしているが、遠い方へ戦場を持っていかれた。間に合わん。唯一、勝つチャンスがあるとすれば――」

「ローGヨーヨーですか」

「そうだ。だが菅野がその技を使っても、逆転のチャンスは一瞬だけだ」

G空域　F15ブルーディフェンサー二番機

「――くっ」

菅野が、この状態からスピードを増加させ、旋回の輪の反対側にいるラプターに食らいつける方法がたった一つある。

旋回を続けながら機を下降させるのだ。そして重力を利用して加速する――ローGヨーヨーと呼ばれる技だ。

バンク角はそのままで軌道を下向きに曲げ、機を下降させる。すると重力に引っ張られる分、同じ旋回半径のまま速度は増加する。相手よりも下側を、同じ半径で旋回しながら、相手を見上げる形となるが平面上の位置関係では『追いつける』。そこから機首を引き起こせば——

一瞬ではあるが、ラプターの後ろ姿を視野の真ん中に捉えることが出来る。

一秒でいい、俺の目玉で奴をじかに見られれば——！

（——）

敵機の気配が、頭の真上から後頭部へ移動する。やばい、猶予はない……！

菅野は、歯を食い縛り、操縦桿を引きつける力はそのまま、旋回の内側の左ラダーを踏み込んだ（九〇度バンクで左旋回しているから、軌道を下へ曲げたければ操縦桿を押すのではなく左ラダーを踏む。もしも操縦桿を引くのを止めて前へ押したりすれば、たちまち旋回の輪の外側へ跳び出し、瞬時に後方へ食らいつかれて撃たれてしまう）。

ぐうっ

目の前で、縦の水平線が、流れながら視野の右方向へ移動する。機首が下側を向き、機体は左旋回を続けながら下降する。海原の青が、縦に激しく流れる。

ずざぁあぁっ

風切り音。

菅野のイーグルはアフターバーナー全開の最大推力、八Gで旋回しながら、両翼端から水蒸気の筋を曳《ひ》いてさらに加速した。

小松基地　要撃管制室

「――おぅ」

「おぉ」

緑の三角形の廻る速さが、明らかに増した。

火浦も月刀も、スクリーンの動きを見て声を上げる。

周囲の飛行隊パイロットたちも同じ。八Gの旋回を続けながらローGヨーヨーの機動をするのがどれだけ肉体的にきついか、身をもって分かるのだ。

緑の三角形は、デジタルの速度表示を増加させ（高度は引き替えに下がっている）、旋回の輪の中で再び紅い三角形の後尾に追いつこうとする。

「もう少しだ菅野」

月刀が思わず、という感じでつぶやく。

G空域　F15ブルーディフェンサー二番機

（い――）

菅野はイーグルの機体を旋回させつつ下降させ、重力を利用して加速した。ざぁあっ、という凄じい風切り音。速度スケールはマッハ一・一、一・二――増えていく。その代わり高度は、あっと言う間に五〇〇〇フィートも低下した。高度スケールは一五〇〇〇を切って減る。

構うものか。

空戦を開始したのが二〇〇〇〇フィート、最低安全高度は五〇〇〇だ。まだ大丈夫だ。

奴はどこだ。目で、視野の右側――上方を探る。えぐり込むように、俺は旋回の輪を内側へ廻り込んでいるはずだ……。

あれか。

見えた。

「――今だっ」

菅野は、視野の右上にちらりと入った黒い影――追いついた鋭角のシルエットを目の端に掴むと、ラダーを反対側の右へ踏み込んだ。

びゅううっ

九〇度バンクを保ったまま、無理やりに、機首を右へ——上方へ振る。気流に対して斜めになる。こうすれば再び速度はおちる、奴を視野の中央に据えられるのは一秒かそこらだっ……。首を右へ回し、そっちを見る。

フェースプレートの上でFOVサークルが躍り、黒いシルエットに重なる。今だ。

だが

「……う!?」

右の親指で自動照準スイッチを押し下げようとした瞬間。

黒いシルエットはサークルの円の中からフッ、と姿を消した。

き、消えた!?

小松基地　要撃管制室

「な」

「何だ……!?」

火浦と月刀が、同時に声を上げる。

信じられないことが、また起きた。

紅い三角形が、緑の三角形に食いつかれる寸前、カクッと向きを変え瞬間的に移動した。食いつかれるのを、かわしたのだ。

この動き――まさか。

火浦はサングラスの下で目を剝く。

これは。

「まずい、おそらく推力偏向ノズルです」

いつの間にか、技術幹部の真田治郎がそばに来ていて、火浦の横でスクリーンを見上げていた。

「ラプターの奥の手だ。旋回とは違う。言わばハリアーのようにジェット噴射の向きを変え、宙でカクッ、と曲がるのです」

「あんな手が使えるのか」

「その代わり、パイロットにもそれなりのG、いや衝撃が加わる。よく耐えています」

「むぅ――」

横目でちらと見ると。

ビショップ大佐が、同じように息を吞んでいる日比野へ何か説明している。

「菅野機、ロックオン出来ません。ターゲット見失いましたっ」

管制官が叫ぶ。

「コンドル・ワン、バレルロール機動で真後ろにつきます」

「――」

「――」

火浦も月刀も、息を呑むしかない。

『フォックス・トゥー』

スピーカーに声。

コンドル・ワンのパイロットだ。『ＦＯＸⅡ』は『短距離ミサイル発射』の合図。

火浦はその声に、また目を剝く。

こいつは。

（女じゃないか……⁉）

紅い三角形は、今度は逆に緑の三角形に後ろからのしかかる。その尖端から発射されたミサイルの軌跡がＣＧで描かれ、光る糸のように伸びる。たちまち命中。

緑の三角形〈ＢＤ２〉にバツ印が重なる。撃墜判定だ。

「くそ、やられた」

月刀が拳を握る。

そこへ

「コンドル・ツー、風谷機に向かいます」もう一人の管制官が言う。「向き合っている。対向戦です。間もなく射程距離」

6

小松基地　地下
要撃管制室

「今度は、風谷と敵二番機が接触します」

月刀がスクリーンを見上げて言う。

「真っ向から近づく形だ。巴戦に持ち込まれたらまずい」

「いや、まだ距離がある」

火浦は頭を振る。

「これは向き合ったままで、ミサイルの撃ち合いになるだろう。ラプターのＡＩＭ９Ｘも我々のＡＡＭ５も、どちらも相手と向き合った状態から発射出来る」

「しかし、それでは——」

スクリーン上では、ラプターの二番機——先ほど風谷機をレーダーで見失い、いったんスクリーンの右下、戦闘空域の南東へ離脱した〈ＣＤ２〉が、紅い三角形の尖端を回し、戻ろうとしている。

一方、風谷のイーグル一番機〈ＢＤ１〉は、ほとんど同じ位置でクルクル回転しながら落下していたが、今は体勢を立て直した（高度はかなり下がって一四〇〇〇だ）。

データリンクによって、後ろから近づくラプター二番機に気づいたのだろう、緑の三角形はクルリと向きを変え、スクリーン右下から迫る紅い三角形に対峙《たいじ》しようとする。初めは二〇マイル離れていたが、対向して近づくのでたちまち間合いは詰まる——

日本海　Ｇ空域
Ｆ15ブルーディフェンサー一番機

「はぁっ、はぁっ」

風谷は肩を上下させ、酸素マスクの中で呼吸を整えた。

ディパーチャー——操縦不能の発散運動状態から、何とかして機体のコントロールを取り戻し、水平飛行へ戻した。

だが息をつく暇も無く、計器パネル右上の円型のＩＥＷＳディスプレーに赤い輝点が浮かぶと同時に警告音が鳴った。

ピピッ

(……!)

ロックオンされた——後ろだっ……!

「く、くそ」

風谷は、水平飛行へ戻したはいいが、自分がどちらを向いて飛んでいるのか、戦闘空域のどの辺りにいるのか、すっかり頭から吹っ飛んでしまっていた。

ここは……。

だが戦闘機パイロットの本能で、考えるよりも早く手が動いた。

IEWSディスプレーは、敵がシックス・オクロック——真後ろの方向からレーダーでこちらをロックオンしている、と知らせる。

さっき離脱して行った奴か……!?

戻って来たのか。

立ち向かって、倒さなければ。

「くっ」

そう思った瞬間、操縦桿を左へ倒していた。ヘルメット・マウント・ディスプレーのフエースプレートを通し、前方視界がくるりと廻る。世界が逆さまに――背面になる。

すかさず操縦桿を引く。

逆さまの視界が、上から下へ流れ、風切り音と共に身体がシートに押しつけられる。

風谷は背面姿勢から下向きに『宙返りの後半部分』を飛んだ。

視界を蒼い海面が激しく流れ、すぐに向こう側の水平線が、ヘルメットの眼庇の上から降って来る。操縦桿を押すようにして戻すと、眼の前で止まる――一八〇度向きを変えるのに一番速い方法、スプリットSの技だ。

「はぁっ、はぁっ」

高度は、一〇〇〇〇フィートまで下がったが、速度は下向き宙返りで逆に得ている。マッハ〇・九五――充分ではないがエネルギーを失ってへろへろの状態でもない。

スロットルを前へ。ノッチを越え、アフターバーナー全開。

ドンッ
残燃料を、見ている暇がない。

まだ戦闘が始まって数分だ、気にしなくたって、ガス欠になりはすまい……。

眼を上げる。

ここは戦闘空域のどの辺だ……？

視界の左横に、巨大な白い壁のようなものがそそり立つ。これは――さっき俺たちが敵に向かう際、廻り込んで避けた積乱雲か？　高度が下がったから、見上げるようにそそり立っている。

ＩＥＷＳの表示を見て、赤い輝点が来る方向へ機首を向け直す。やや左――積乱雲の白い壁をすれすれにかすめて進む感じだ。

ズゴォオオッ

低い高度へ下りて、耳が抜け、ようやく自分の機のアフターバーナーの轟音《ごうおん》が聞こえて来る。

空気が濃い。舵の反応が、さっきと全然違う――

（真正面だ、どこにいる……？）

まだ前方――白いそそり立つ壁の向こうの青一色の空間に、敵機の姿は見えない。

そうだ。

ＶＳＤを見る。今回はデータリンクで、敵の位置も味方の位置も一目で分かるのだ。

同時に

『ブルーディフェンサー・ツー、フォックス・ツーでキル。空域を離れよ』

『――ラ、ラジャー』

指揮周波数に声。小松の要撃管制官だ。

それに激しい呼吸で応えている声。

菅野……？

（……菅野がやられた……!?）

思わず振り向くが、肉眼には何も見えない。

画面に目を戻す。風谷の後方、友軍を示す緑の菱形の一つが画面上を真南へ向け、降下しながら離脱する。入れ替わりに、菅野の〈ＢＤ２〉とすれ違うように北上するのは緑の菱形〈ＢＤ３〉。その向かう先に、紅い菱形。

美砂生さん……。

だがそれ以上、戦場の様子を俯瞰《ふかん》できない。画面上を自分の機首方向から、もう一つの紅い菱形が急速に近づいてくる。一五マイル。

（くそ）

左手の中指を操作。画面上の敵――紅い菱形をカーソルで挟んでクリック。

ロックオンし直す。

菱形がまたオレンジに変わる。一四マイル。相手の飛行諸元が出る。高度一五〇〇〇、降下しながらまっすぐこちらへ来る。マッハ〇・九。加速していない。音速以下に保っているのは胴体下のウェポン・ベイを開くためか……？

ミサイル戦だ。

目を上げると、四角い目標指示コンテナが再び浮かんでいる。左横にそそり立つ積乱雲の白い壁の、すぐ脇だ。目を凝らしても、まだ蒼い空間があるだけだ。戦闘機の前面形は、五マイルくらいに近づかないと目視で確認出来ない。

視野の中央には、五〇〇円玉大のFOVサークルが浮かんだままだ。激しい機体の運動に翻弄《ほんろう》され、しばらく見えているのに目に入らなかった。

（――――）

唇を噛み、左の親指で兵装選択スイッチを確かめる。〈SRM〉に入っている。

よし、視線照準モードだ。

右の親指で、自動照準スイッチを二回押し下げる。途端に五〇〇円玉大のサークルが跳ねるように動き出す。俺の眼球の動きに、追従しているのか……。

見るだけでいい、と真田三佐は言った。

ならば、四角い目標指示コンテナの中を、見続ければいいんだ――迫ってくる奴が急に向きを変えて動いても、逃さずミサイルの照準をロック出来る……。

一〇マイル。速い、正面から近づく。そそり立つ雪山のような積乱雲の、真っ白い壁のすぐ横だ――

ピピッ

「……！」

風谷は、その時ハッ、として目を見開いた。

向こうからも、ロックオンされ続けている。

Ｆ22にはヘルメット・マウント・ディスプレーは無い。装備されていない……しかし、携行するＡＩＭ９Ｘサイドワインダーは、ＡＡＭ５と同様の最新型熱線追尾ミサイルだ。相手機のエンジンノズルの排気熱だけでなく、相手機の外形を捉えて照準し発射出来る。

つまり俺と同じように、正面から撃てるんだ。

今、向こうのコクピットのヘッドアップ・ディスプレーにも、俺の機の正面形が四角いコンテナに囲われているはず――

八マイル。近づく。

「く」

これでは、正面同士の撃ち合いになる。

七マイル。

まずい、相撃ちだ。しかし今から向きを変えて離脱しようとしたら、その瞬間、相手に横腹をさらす。側面から食らいつかれ確実にやられる。

六マイル。

風谷は唇をなめ、四角いコンテナの中を凝視した。ＦＯＶサークルが、呼吸に合わせるように跳ねながら、四角いコンテナに重なる。

動くな。

見ながら、念じた。

敵の熱を、捉えてくれ――

ピッ
サークルが明滅した。翼下に装着したミサイル弾頭のシーカーが、敵の機体の発する熱と、まだ肉眼では見えないが機体形状を空間の奥に検出したのだ。

（よし、ロックだ）

右の親指で自動照準スイッチを押し下げる。

〈LOCK〉

サークルが黄色に変わる――レクチャーされたとおりだ。これでAAM5の弾頭は敵機にロックした。射程距離は、三マイル。〈IN RANGE〉の表示が出たらトリガーを絞ればいい――！

小松基地　要撃管制室

「これは、チキンゲームじゃないか」

月刀が唸った。

「風谷もコンドル・ツーも、今この瞬間、避《よ》けて逃げた方は確実に相手にやられる。しかし真っ向から近づいて撃ち合ったら──」

「相撃ちだな」

火浦もスクリーンを見ながら唇を噛む。

「間合い三マイルで発射して、お互いにフレアを放出しながら離脱しても、今回はフレアは無効判定にされる決まりだ」

スクリーンでは、右下──南東方向に尖端を向けた緑の三角形〈BD1〉と、左上に尖端を向ける紅い〈CD2〉が、今にも正面から接触する。

G空域　F15ブルーディフェンサー一番機

(来た)

間合い四マイル。風谷の視野で、黄色いサークルの重なった目標指示コンテナの中に、黒い鋭い影が浮き上がるように現われるのと〈IN　RANGE〉の文字が明滅するのはほとんど同時だった。

標的は、白い雲の稜線の向こうから来る。

発射。

風谷は右の人差し指で操縦桿前面のトリガーを引き絞る。

「フォックス・ツー！」

小松基地　要撃管制室

スクリーンで、二つの三角形は尖端を突き合わせる寸前、同時にミサイルを発射した。

『SRM』の文字が明滅する。同時に、糸のような輝線が双方から伸びる。二つの三角形は次の瞬間、互いに左旋回で向きを変え、離脱しようとする。

だが
「ブルーディフェンサー・ワン、フレアを放出、防御は無効」

「コンドル・ツー、フレア放出、防御無効」

演習評価システムのコンソールに現われた判定を、管制官が読み上げる。

二機は同時にフレア――欺瞞熱源を放出しながら離脱機動に入った。

紅い三角形はカクッ、と尖端を鋭く左へ回し、画面の下側へ逃げようとする。糸のような輝線は追いかけていく。欺瞞熱源は放出されたが、防御効果は『無効』判定だ。

一方、緑の三角形も画面の上方向へ急機動で逃げる。それをもう一本の輝線が伸びて追いかける。こちらもフレアは放出したが効いていない。

「――」

「――」

火浦と月刀だけでなく、管制室内の全員が、息を呑んで見上げた。

紅い三角形の底の部分に、輝線が追いついて接触。

「AAM5、コンドル・ツーに命中。撃墜」

バツ印が表示される。

オオゥ、とアメリカ軍関係者全員が声を上げる。

ほとんど同時に、緑の三角形の底にも輝線が届こうとするが。

「AIM9X、ブルーディフェンサー・ワンに命中――いや、命中せず」

演習評価システムの表示を管制官が読み上げるのと同時に、スクリーンでも輝線は緑の〈BD1〉に届かず、左旋回で向きを変える三角形の底を捉えられずに外れてしまう。

「サイドワインダーは外れました。攻撃無効」

「ホワッツ!?」

ビショップ大佐が、思わず、という感じで声を上げる。

それを受けるように

「判定担当管制官、今の外れは、どうなっている」

日比野が訊く。

F15の放ったAAM5はラプターに命中し、撃墜した。

しかしラプターの放ったAIM9Xは外れ……?


「火浦さん」

月刀もスクリーンの様子に眉をひそめる。

「どういうことでしょう。ミサイルの故障などはファクターに入っていないはずだが」

「いや、待て」

火浦は天井を見上げる。

「空域の気象は、どうなっていた?」

「え」

同時に
「積乱雲です」

判定担当管制官が、振り向いて日比野に応える。

「ブルーディフェンサー・ワンは、左旋回で積乱雲に突っ込み、熱線追尾ミサイルをかわしましたっ」

「何」

「!?」

G空域　F15ブルーディフェンサー一番機

ずがががっ

ががっ

「――うわぁあっ」

風谷はシートの中で、もみくちゃにされながら思わず声を上げていた。

まるで、ミキサーに放り込まれたみたいだ……！

数秒前――ミサイルを発射した瞬間。風谷はとっさに、操縦桿を左へなぎ倒しながら右ラダーを踏み、機体をバレルロールさせた。すぐ左横にそびえていた真っ白い雲の壁へ、機体を軸廻りに回転させながら突っ込ませた。

途端に、ずざあぁっ、という荒れ狂う海面へ飛び込んだような音と共に、F15は洗濯機におとした紙ヒコーキのように凄じい気流に巻き込まれ、翻弄された。

積乱雲の内部は、上下に渦巻く水蒸気の奔流だ。これで敵のミサイルの赤外線シーカーはこちらを見失う――いや、それ以前にこの凄まじい乱流を貫いて目標へ命中するなんて、細い軽量のミサイルには無理だ……。

（……それは、いいけどっ）

風谷は発達期の大型積乱雲に、もろに突っ込むのは初めてだった。

ディパーチャーどころじゃない、コントロールが……！

「く、くそっ」

Ｆ15は、翼面荷重が小さい。つまり自重に比して主翼の面積が大きい。これは揚力を造り出す能力が大きいのと同時に、乱気流の影響を受けやすい。

風谷は、何とか操縦桿を一定の位置に保とうとしたが、強い上昇気流に突き上げられ、次の瞬間には下降気流につかまって押し下げられ、上も下も分からないくらいもみくちゃにされ、どうすることも出来ない。

その時。

『遊ぶな』

ヘルメット・イヤフォンに低いアルトの声。

『早く出ろ、風谷二尉』

Ｇ空域　Ｆ15ブルーディフェンサー三番機

（遅かった……！）

漆沢美砂生は、肩で息をしながら心の中で舌打ちした。

あたしって、呼吸速いのかなぁ、フェースプレートが曇りそうだわ——

初めに風谷が、敵の一番機を右旋回させることが出来ず。菅野一朗が、その敵一番機と水平巴戦に入った時。

美砂生はただちに、巴戦の旋回の輪に駆け付けるべく、アフターバーナー全開で急行した。距離は、その時点で旋回の輪の近い部分まででも一五マイルあった。マッハ〇・九で二分かかる。間に合わない、超音速を出した。

とりあえず、プランB——風谷の一番機がバーチカル・リバースで敵の二番機を引きつけてたぶらかしてくれれば（でも風谷君に「たぶらかす」なんて出来るのかしら、という一抹の不安はあったが）、その間に菅野が敵一番機と絡み、そこへ自分が駆け付けて何とか二対一の態勢に持ち込む。四番機の鏡は風谷の支援に向かわせればいい——

やれる、負けはしない。

空中戦をしていると、秒数はどんどん過ぎていく。菅野に持ちこたえるように指示して、ひたすら加速した。マッハ二に達すると、アフターバーナーの激しい振動で計器パネルのVSD画面が震えてしまって読み取れない。ガタガタガタガタ、空気が濃いせいか、輪を作って廻っている菅野機とラプター一番機の追いつ追われつの微妙な位置関係が、ただでさえ限られた画面の小さな表示だ、よくわからない。とにかく菅野君、互角の巴戦をあと三周廻って頂戴《ちょうだい》、そうしたらあたしが外側から乱入するわっ……。

だが血気盛んな菅野が勝負に出た。あるいはその時に勝負をかけないと、やられたのかも知れないが――

(遅かったか。せっかちな男はこれだから困るのよ、風谷君みたいな鈍い子も困るんだけど……!)

菅野がローGヨーヨーを仕掛け、なんだかわけが分からないうちに「あっ」と言う間もなくやられた。美砂生は「あっ」と思った。

気づいたらマッハ二・一も出ていた。

やばい、ミサイルが撃てない。

どうしよう、表示が『TEMP』だ――

巴戦の輪に乱入すれば、どうせ急旋回で速度はすぐに減るだろうと思っていたが……

『ブルーディフェンサー・ツー、フォックス・ツーでキル。空域を離れよ』

『――ラ、ラジャー』

ヘルメット・イヤフォンの中、激しい呼吸で菅野が応え、VSD画面上を緑の菱形がこちらへ戻ってくる。

たちまち、すれ違った。

振り向いて見送る暇も無い、この先にラプターがいる。VSD画面と、IEWSの円型ディスプレー。両方の上側――つまり真正面にオレンジの菱形と赤い輝点。

ピピッ
（ロックオンされた……！）

まずい。

正面から来る――

VSD画面で、間合い五マイル。

こちらは速度を出し過ぎた。AAM5の弾頭表面温度が空気圧縮で高くなり過ぎ、相手をミサイルで狙えない。向こうは菅野と格闘した直後だから音速以下に違いない、このまま対向で接近したら、一方的にあたしが撃たれる……。

「――くっ」

美砂生はとっさに、操縦桿を引いた。

ざぁあっ、と激しい風切り音を立てて機首が天に向く。

小松基地　要撃管制室

「ブルーディフェンサー・スリー、バーチカル・リバース機動に入ります」

コンソールに向かう管制官が、思わず、という感じで声を上げた。

「垂直急上昇です」

だが
「まずいぞ」

火浦はスクリーン上の二つの三角形を見て、唸る。

間合いが近い。

緑の〈BD3〉は、その場で止まって高度のデジタル数値を増加させ始める。パイロットが機首を垂直に引き起こして、急上昇しているのだ。

しかし、すぐ前方から襲いかかる紅い〈CD1〉は、すでに『SRM』『LOCK』という二つの黄色い文字表示を出している。速度はマッハ〇・九五。

「駄目だ、漆沢はすでに敵のAIM9Xにロックされている。これでは速度がゼロになり敵のレーダーから消える前に、三マイル以内に近づかれ発射されてしまう」

「そうですね」

月刀もうなずく。

「熱線追尾ミサイルが、一度発射されてしまえば。後はレーダーは関係ない。空中に止まれば、かえって確実に命中するだけだ」

「フン」

　横の方で、ビショップ大佐が鼻を鳴らす。

「二度も同じ手は使えんよ、コマンダー・ヒビノ。どだいステルス機を相手に、在来型機がレーダーから消えて見せようなどと」

「――――」

　日比野二佐は、困った表情でスクリーンを見上げる。

　そこへ
「防衛部長、風谷機がレーダーから消えました」

　コンソールに向かう管制官の一人が、振り向いて報告した。

「ブルーディフェンサー・ワンが表示出来ません」

「どうした？」

「は。先ほど積乱雲に跳び込んだため、データリンクが一時的に途絶したものと思われます。雷雲の反射が邪魔になり、ＡＷＡＣＳや地上の防空レーダーでも捉えられません」

「火浦さん」

　月刀が不安げな声を出す。

　確かにスクリーン上では、風谷のイーグルを示す緑の三角形〈ＢＤ１〉が忽然と消えてしまっている。

「いや、大丈夫だ」

火浦は腕組みをしたまま言う。

「九Gまで耐えるイーグルだ。積乱雲は、俺も一度、空戦訓練で敵から逃げるため突っ込んだことがあるが、多少もみくちゃになっても死にはせん——ほら」

言い終らぬうちに、緑の〈BD1〉はパッ、とスクリーンに出現した。現れた位置は、消えた場所から少し移動している。三角形シンボルの横に高度・速度などのデータが再び表示される。

「雲から出たんだ」

G空域　F15ブルーディフェンサー三番機

「——まずい……！」

美砂生は、酸素マスクの中で舌打ちした。

機首を引き起こし、垂直上昇の姿勢にしたが。

IEWSの円型ディスプレーでは後方六時の位置に赤い輝点が瞬《またた》き、『LOCK』という表示が出たままだ。

真後ろからロックオンされ続けている。
ＶＳＤ画面では、紅い菱形（機首を真上に向けたため、美砂生の機の搭載レーダーでは
ラプターは捉えられなくなった。表示されているのはＡＷＡＣＳがデータリンクで送って
来る敵のシンボルだ）は自分のすぐ後ろ――約四マイルまで迫っている。
（駄目だ）
駄目だ、これでは速度がゼロになって敵のレーダーから消える前に、ＡＩＭ９Ｘを発射
されてしまう……！
「くっ」
すかさず、操縦桿をさらに引いた。
青一色の天が、美砂生の視界で上から下向きに動く。雲の筋が流れる。シートに押しつ
けられるＧ。垂直上昇の姿勢から『宙返りの前半』を飛んで背面へ――
これも最短時間で向きを一八〇度変える、インメルマン・ターンの技だ。
（こうなったら、逃げるしかないわ）
美砂生は唇をなめる。
何とか、お尻の三マイル以内に食いつかれないように……！
逆さまの水平線が、ヘルメットの眼庇の上から降って来る。右手で操縦桿を押し、機首
の動きを止める。垂直上昇をしたのと、宙返りの前半を使って方向転換をしたので高度は

上がったが速度は減っている。音速以下だ。

逃げなくては。アフターバーナー全開——

その時。

『美砂生さんっ』

背面姿勢の美砂生のヘルメット・イヤフォンに、声が入った。

荒い呼吸の声。

『美砂生さん、こっちへ。引きつけて下さい、プランC』

「——!?」

風谷だ。

どこだ。

眼で探す。肉眼では分からない。VSD画面。緑の菱形が前方、一五マイルにいる。敵の二番機はどうなったんだ……?

「風谷君、敵の二番機はっ」

『やっつけた。こっちへ引きつけて下さい、プランCです!』

「分かったっ」

7

日本海　G空域
F15ブルーディフェンサー三番機

漆沢美砂生がこの世界に入ったのは、まったくの偶然からだ。

福岡県・久留米市出身。卒業した学校は都内だが文系だった。早大法学部へ進んだのは『田舎から出たい』と言う一心からだった。美砂生の出身地では、今の時代でも一人娘は親の決めた相手と見合いをさせられる。そういう土地柄だ。

親に人生を決められる——というのが生理的に嫌だった。東大か早稲田に入れれば東京へ出してやる、と言われ、必死に勉強した。卒業後、女子大生の就職は『氷河期』と言われる中、何とか大手の証券会社に支店採用で入った。証券会社の営業OLをしていた。

しかし会社は破綻して、野に放り出され、紆余曲折《うよきょくせつ》あって、防衛省の一般幹部候補生、それも飛行要員を受験することになった（これには数人の男たちが関与というか、影響を与えている）。

不思議に、パイロット適性があった。飛行要員の採用試験にはすらすら受かり、その後の訓練課程でも特に躓くこともなく順調にステップを上がって、気づいたら戦闘機パイロット――F15Jイーグルの幹部操縦者となっていた。証券会社の営業で要らぬ苦労をした美砂生は、最初からこっちにしておけば良かったわ、と思った。

数年前に世を去った祖父が、昔、帝国海軍の戦闘機搭乗員だったらしい。自分の血管にそういう〈血〉が流れていたことを、美砂生は最近になって知った。

祖父・雄一郎の遺品の中に日記があった。めくると、さまざまな空戦の記録だ。中でも昭和十二年、中国大陸南京の上空で九六式艦上戦闘機を駆り、ドイツの最新鋭機メッサーシュミットBf一〇九と格闘戦をして互角に勝負した、という記述は目を引いた。

なぜ、祖父・雄一郎《ゆういちろう》は同盟国だったはずのドイツの戦闘機と戦ったのか……？　それも中国で？　何かの訓練だったのだろうか。

格闘戦を得意とする在来型戦闘機で、時代の先端を行く新鋭機と勝負する――

お祖父ちゃんも八〇年くらい前、あたしと似たような闘いをしたのかしら、という思いが一瞬頭をかすめたが。

今はそれ以上、思い出している暇も余裕もない。アメリカ軍のF22ラプターは、美砂生のイーグルを背後から叩きおとそうと追いすがって来る。

（敵は）

まずい、四マイル後ろ――

再び、アフターバーナーは全開。ガタガタ小刻みに振動する計器パネルのVSD画面をちらと見る。まっすぐ後方から追いすがって来る、紅い菱形——

しつこい。

しかし

ひねって逃げたら駄目だ。

美砂生のセンスのようなものが、教える。

まっすぐに逃げろ。

（言われなくても……！）

機首を下げ、速度をさらにつける。インメルマン・ターンで三〇〇〇フィートまで上がった高度を、速度に変換する。

こういう局面で、真後ろに迫られるのが怖くて、左右どちらかへ針路を振るか、急旋回でもすれば。

それは後方に追いすがる敵との間隔を、自分から縮める結果になる。わずかに機首を振るだけで、奴は——後ろのラプターはあたしとの間合いを簡単に詰められる。恐怖にかられ急旋回など絶対にしては駄目だ、横腹をさらしたうえ、四マイルがたちまち三マイルに縮まる……。

「——くそっ」

小松基地　要撃管制室

「コンドル・ワン、ブルーディフェンサー・スリーを追います」

　スクリーンでは、斜め右下へ逃げる緑の三角形〈BD3〉を、画面左上から紅い三角形〈CD1〉が追う。

〈CD1〉――F22の速度表示はマッハ〇・九。紅い三角形の横には『SRM』の黄色い文字が浮かんでいる。AIM9Xミサイルを、胴体脇のウェポン・ベイから露出させた状態だ。

　一方、漆沢美砂生の〈BD3〉は、高度を下げながらどんどん加速する。後ろ三マイル以内に食らいつかれそうになったが、加速して逃げている。間隔は広がって行く。

「コンドル・ワン、AIM9を収納」

　管制官が、表示の変化を読み上げる。

　黄色い『SRM』の文字が明滅し、消える。

「ミサイルを収納してF15を追います」

「やはりラプターも、熱線追尾ミサイルを照準する時は弾体を外へ露出するんですね」

月刀が言う。

「ミサイルの目玉――弾頭シーカーに、標的を『見せなければならない』のは一緒か」

「そのようだな」

火浦はうなずく。

「速度を上げれば弾頭の表面温度が上昇し、照準不能になるのも同じだ。奴はミサイルで漆沢をやるのはあきらめた。追いついて機関砲でやるつもりか」

「奴――というか」

「ん？」

スクリーンでは、紅い三角形が速度を上げる。たちまち速度表示が増加して行く。

G空域　F15ブルーディフェンサー三番機

ピピッ
「――くそっ」
美砂生は、ＩＥＷＳの円型ディスプレーの下側に明滅する赤い輝点を睨んだ。
ロックオンされたままだ。

VSD画面では、背中の〈敵〉は間合い三マイル。向こうも加速して、追いついて来る。急降下で速度をつけるF15に、ほとんど水平か緩い降下で間を詰めて来る……。

(何ていう、加速性能――)

だが速度は、すでに音速を超えてマッハ一・六。

リミット・スピードだ。高度一五〇〇〇を切り、さらに下がる。ここから下の低高度域ではF15の速度性能はマッハ一・六が限度だ(空気が濃いのでこれ以上出ない)。

データリンクで表示される紅い菱形の速度はマッハ一・八。しかしこの速度では、熱線追尾ミサイルを照準するのは無理だ。加速の素早さから見ても、すでに向こうはAIM9Xを胴体脇のウェポン・ベイにしまい、扉も閉じているに違いない。

追いついて、機関砲で撃つつもりか。

あるいは、間を詰めてから減速し、再度ミサイルで狙うつもりかも知れないが……。

もし機関砲ならば。

二〇ミリバルカン砲には、面倒な速度制限はない。しかし確実に命中させるには、奴はあたしの背中二〇〇〇フィート(六〇〇メートル)まで食らいつく必要がある――三分の一マイルだ。

(――――)

美砂生は思った。

今、奴――後ろのラプターのヘッドアップ・ディスプレーには、四角い目標指示コンテナに囲われて自分のF15の後ろ姿が小さく浮いているはず。しかし真後ろから見た角度では、機影は小さくて照準しにくい。こちらが恐怖にかられて急旋回でもすれば、途端に背中の上面形が大きくさらけ出され、格好の標的と化すのだろうが……。

（そうはイカの金――）

心の中でつぶやきかけ、美砂生はハッとする。

「いけない、何て台詞《せりふ》を」

左手で握ったスロットル・レバーをちらと見る。最前方、アフターバーナー全開の位置へぶち込んだままだ。レバーの側面に、スピードブレーキのスイッチを確かめ、革手袋の親指をスイッチの突起にそっと載せる。

まだだ。

上目遣いにバックミラーに視線を上げる。どこにいる、あのステルス機――

（――見えた）

真後ろ、やや上。

キャノピーのフレームに取りつけた三枚のバックミラーの、中央の一枚のど真ん中に浮いている。黒い、ひらべったい――剃刀《かみそり》のような正面形。

こいつがラプターか。

ぞっとしない、黒い魔物のようなシルエットはシックス・オクロック・ハイ――まっすぐ真後ろ上方から追って来る。機体の大きさはF15と同等のはず。少しずつ大きくなる。速度差マッハ〇・二なら三マイルを詰めるのに一分半……。

（ミサイルを使うなら、急に減速してウェポン・ベイを開くだろう。機関砲で来るなら、このまままっすぐ追いついて突っ込んで来る――）

敵の二番機は、美砂生が見ていないうちに、風谷が墜《お》としたという。

ならば。敵は、後ろにいるこの一機だ。これだけに集中してしまえる。

強敵だが――

こいつが、旋回性能でも加速性能でも優るのであれば。巴戦のような格闘に入っては駄目だ。機動が長引くほど不利になる。

勝負を挑むなら、ぎりぎりまで引きつけ、一瞬に賭けるしかない……。

「――――」

美砂生は左手でスロットルを握り締め、スピードブレーキのスイッチの突起に親指を載せたままバックミラーに目を上げるが。

ピッ
VSD画面上を、左前方から緑の菱形が近づく。それが視野に入る。

風谷君――

緑の菱形は、風谷修の一番機だ。さっきは一〇マイル以上離れていたが、ぐんぐん近づいて来る。こっちへ来る――

（………）

風谷の機は、後ろのラプターをレーダーに捉えているだろう（どうして今日に限って、F22がレーダーに映るのか？　そのことは置いとくとして）。

このまま引っ張って行って、風谷にミサイルを撃たせることが出来るか……？　いや、風谷機もこちらへ急行するため速度を出している。VSD画面の表示はマッハ一・五。

やはり、プランCでやるしかない……。

飛行班長というポストに、いま美砂生はいる。

班員の若いパイロットたち（自分も若いつもりだけど、年下と言う意味で）を伸ばしてやるのが仕事だ。

風谷は、敵の二番機を『どうにかしてやった』と言う。

（よし）

彼に、もっとやらせてみよう。

プランCか――よし。

風谷のF15が、左前方から近づいて来るのを、後ろのラプターも気づいているはず。

しかし奴は速度を緩めず追って来る——速度が大き過ぎ、前方の風谷をミサイルで狙うことは出来ない。奴はたとえ乱戦になっても、あたしたちを単機で殲滅《せんめつ》する自信があるのか。

「————」

美砂生はスピードブレーキのスイッチから親指を離し、無線送信ボタンを押した。

「風谷君」

『はい』

「行くわ。プランC」

短く指示すると、バックミラーに目を上げ、間合いを測った。後方二マイル——まだ近づく。VSD画面の風谷機は左前方三マイル、すぐすれ違う……。

よし今だ。

バックミラーの機影を睨んでから、操縦桿で機体をやや右へ傾け、引いた。

ぐうっ

「食らいつけっ、そら」

小松基地　要撃管制室

「ブルーディフェンサー・スリー、斜め宙返りに入ります！」

管制官が、思わずという感じで声を上げた。

「コンドル・ワンに捕まります」

管制室のフロアに立って観戦する、空自パイロットたちとアメリカ側士官たちが一斉に息を呑む。

紅い三角形に真後ろにつかれ、追われていた緑の三角形〈ＢＤ３〉が、間を詰められる緊張に耐え兼ねたように急上昇した──そのように見えたのだ。

緑の三角形は前進を止め、その位置で高度の数値を増やし始める。

その様子に、空自パイロットたちの間で『何をやっているんだ』という、鼻息のようなものが漏れる。

この局面で軌道を変えれば、どのように飛んでも、真後ろから追う〈ＣＤ１〉の前方で背中をさらすことになる──ラプター一番機は、簡単に間合いを詰め、〈ＢＤ３〉を容易に照準できる。

しかし

「漆沢は」

火浦は腕組みをしたまま、小声で言った。

「あいつは、囮になるつもりだ」

「ですね」

月刀もうなずく。

「あんなふうに上昇すれば、誰から見てもおいしい餌《えさ》です」

G空域　F15ブルーディフェンサー三番機

(——食いついたかっ……!?)

美砂生は急上昇からそのまま背面、宙返りの頂点近くで顎をそらし、キャノピーの真上

——背面になった機体の下方を振り仰ぐ。

頭の上は、逆さまになった大海原。青黒い天井のようだ。

(……いたっ)

青黒い海原を背景に、白い水蒸気の筋が二本。

よく見ると黒い小さな機影が、両翼端から水蒸気を曳《ひ》いている。恐ろしい疾さで、白い

筋は引き起こしの軌跡を描き、美砂生のヘルメットの真上（真下）から首筋の後ろへと回り込んで行く。

ちょっと待て。

これ、視線照準で狙えないか……!?

今日は、ヘルメット・マウント・ディスプレーがあるんだった……！　美砂生は急いで右手の親指で、手探りで自動照準スイッチを二回押し下げる（手元の操縦桿のスイッチに眼をやる余裕は無い）。兵装選択は、ずっと前に〈SRM〉に入れたままだ。途端に視野の中で、前方に固定されていたFOVサークルが躍り出す。それまで存在も忘れていた。この輪っかは、あたしの眼の動きに追従してくれるのか。

「――くっ」

美砂生は思い切り顎をそらし、視線を上げて白い筋の尖端を目で追おうとするが

「あ、あっ、何だこいつ速い、待て待てこらっ……！」

操縦桿を引いて、宙返りを思い切り速く廻ろうとするが、目の焦点を合わせ切る前に、黒い機影はフッ、とFOVサークルから逃れ、美砂生のヘルメットの眼庇の上へ隠れてしまう。

しまった。

頭の上へ行かれた……！　キャノピーの枠についたバックミラーに視線を下げる。まず

い、回り込まれる。あたしの宙返りの内側へ、高Gの小回りでねじ込んで来る……！

宙返りで美砂生の速度は減っている。マッハ一・一。向こうも高G機動で速度は減っているはず、もうミサイルが使える――

「風谷君っ」

思わず無線に叫ぶと。

『美砂生さん』打てば響くように、ヘルメット・イヤフォンに風谷の声。『間に合った。敵の後ろにつきますっ』

「早くやっつけて。あたし撃たれちゃうわっ」

小松基地　要撃管制室

「ブルーディフェンサー・ワン、ループに入る」

管制官が声を上げげた。

「風谷機、上昇してコンドル・ワンの追尾に入ります！」

『ロックした、速度がまだ多いっ』

『早く。やだ、来る、真後ろっ』

「――――」

「――――」

天井スピーカーに、息の荒い交信が響くと。

フロアに立つ全員が、絡み合う三つの三角形――緑の〈ＢＤ３〉と紅い〈ＣＤ１〉、そしてスクリーン右手からやって来て、急激に尖端を回し乱入する〈ＢＤ１〉の動きを注視した。

三つの三角形はたちまちぐしゃっ、と重なって、尖端の向きも瞬間的に変わり、どう動いているのかよく分からない。行われている格闘戦が、縦に廻る三次元の機動だからだ。平面のスクリーンでは動きを表わし切れない。

「――三つ巴だ」

火浦が唸った。

「三つ巴の、斜め宙返り巴戦だ」

「？」

隣で、真田治郎が眉をひそめる。

「どういうことです。私にはよく動きが――」

「文字通りのドッグファイトさ」

ふいに、横で低い声がした。

「……鷲頭《わしず》さん？」

その声に。

火浦は、驚いてサングラスの目を向ける。

「いらしてたんですか」

いつの間にか、火浦と真田の隣に立っていたのは大男だ。飛行服の階級章は二佐。

今、飛行隊に所属するベテランのパイロットたちが、大勢観戦に押しかけている。

この大男が来ていても、不思議ではない。

鷲頭三郎《さぶろう》。飛行服の袖をまくりあげ、毛むくじゃらの腕を見せている。年齢はもう四十を越えるが、熊のような獰猛《どうもう》な印象は変わらない。

「あれは」

鷲頭三郎は腕組みをしたまま、顎でスクリーンを指した。

「漆沢が囮になり、まず敵をループに引き込み、そこへ後ろから風谷が食いつく。三機が一つの宙返りのループに入り、互いのケツに食いつこうとしているんだ」

フフ、と大男は笑うような息。

「三機が、一つの……？」

真田が聞き返そうとすると

『フォックス・トゥー』

　また天井に声。

　ついさっき、菅野一朗のイーグル二番機を『撃墜』した声だ。

　スクリーン上では、紅い三角形の尖端の横に『SRM』の文字が赤く明滅。続いて細い輝線が尖端から伸び、すぐ緑の〈BD3〉に接触する。

「コンドル・ワン、ブルーディフェンサー・スリーをフォックス・ツーでキル！」

　アメリカ人管制官が、振り向いて英語で叫ぶと、米軍側のスタッフと士官たちが歓声を上げる。

　銀髪のビショップ大佐だけは、拍手の湧く中、面白くも無さそうに横顔でスクリーンを見上げている。こんなことは当然、という表情だ。

「ブルーディフェンサー・スリー、フォックス・ツーでキルされた。空域を離脱せよ」

　日本人管制官が、やむを得ず無線に指示を出す。

「漆沢一尉、繰り返します。三番機はたった今、キルされました」

『ラ、ラジャー。空域を離れます』

「まずいぞ」

　火浦の反対側の横で、月刀が言う。

「風谷とコンドル・ワンが、これで一騎打ちの巴戦だ」

「うむ」

火浦はうなずく。

「確かにまずい。斜め宙返りの巴戦では、ローGヨーヨーの技も使えん」

「ええ。しかしチャンスが無いわけじゃない。宙返りの頂点付近ではGが抜けます。その瞬間、思い切り振り仰いで、ヘルメット・マウント・サイトを使えば――」

だが
「フン」

鷲頭が反対側で、鼻を鳴らす。

「その時に都合よく、相手が見えるところにいれば、な」

「――――」

月刀が、火浦の横顔越しに鷲頭を睨む。

熊のような大男は、年下の飛行班長が睨んで来るのを無視するように、腕組みをしたままスクリーンを注視する。

火浦はその様子に『またか』と思った。

後輩の月刀慧と、元飛行教導隊副隊長の鷲頭三郎。

昔、千歳《ちとせ》基地の地元の飲み屋で殴り合いをしたというが、もう何年も前のことだろう。

いい加減、睨み合いをするのは――

そう思いかけた時。

管制室の空間に「おぉ!?」「おぅ」と驚きの声が沸いたので、慌ててスクリーンへ目を戻す。

（――何だ）

火浦はサングラスの下で、目をしばたたいた。

何が起きた……？

G空域　F15ブルーディフェンサー一番機

「フォックス――」

風谷は操縦桿を引き、黒いラプターの後ろ姿を追っていた。初めは、機影を追って同じ宙返りのループに入っても、速度が大き過ぎて『TEMP』の警告メッセージが明滅していた。ヘルメット・マウント・ディスプレーの視界ではFOVサークルが黒いシルエットの背中に完全に重なっていた。ラプターは、漆沢美砂生の三番機を追いかけて斜め宙返りを廻っていたが、風谷が外側からやって来て後尾に食いついたのに気づかないのか、あるいは気づいていても平気なのか。

機影を追って上昇すると、たちまち速度は減った。HMDの視界で『TEMP』のメッセージが消えると同時にピピッ、とヘルメットの中でトーンが鳴り、FOVサークルが黄色く明滅する。風谷の機の左翼下に装着した二発目のAAM5の弾頭シーカー――ミサイルの目玉が、ラプターの機影を赤外線で捉えたのだ。

やれる。

F22は、ちょうど宙返りの頂点へ上昇し切るところだ。漆沢美砂生の三番機を『撃墜』した後、やはり俺が背後に迫っていることには気づいていたのだ、そのまま宙返りを続けて逃げようと――いや俺の後ろへつこうとする。

プランCが功を奏した。本当は美砂生さんがやられる前に、発射出来なければいけないのだが……。

奴は見えている。これで、こっちの勝ちだ。

風谷は引き起こしのGに歯を食い縛りながら、右の人差し指でトリガーを絞ろうとした。兵装の発射時は、無線に『発射』をコールすることになっている。短距離ミサイルの場合は『フォックス・ツー』だ。

だが

「――えっ!?」

その瞬間。激しく上から下へ流れる視界で、黒い機影がフッ、と消えた。FOVサークルの中からも消え去ってしまう。

何……!?

宙返りの頂点付近、ちょうど背面姿勢になったF22ラプターがカクッ、と内側へ軌道を曲げるようにすると、次の瞬間風谷の視界から消え失せた――いやヘルメットの眼庇の上の方へ吹っ飛ぶように瞬間移動したのだ。

(な、何だっ……!?)

いなくなった――!?

固まっている暇も無かった。

ザァアアッ、という空気を激しく切るような気配が背中にすると、風谷のキャノピーの枠につけたバックミラーの中央に、黒いシルエットが魔法のように出現した。

「う――」

小松基地　要撃管制室

「おぉ!?」

「おう」

観戦するパイロットたちから、驚きの声が漏れる。

スクリーンの様子を、三次元で把握出来る操縦者でなければ、何が起きたのかは分からなかった。紅い三角形〈CD1〉は、宙返りの頂点付近でカクッ、と真下へ軌道を曲げ、ほぼ瞬間的に数千フィートを文字通り『落下』して、同じ宙返りを上昇する〈BD1〉のF15の真後ろへ舞い降りて食らいついたのだ。

「おぉ、あれは」

ベテランパイロットの一人が、思わず、という感じで声を上げる。

「あの動きは、〈ひねり込み〉……⁉」

空自のベテランパイロットたちが、それぞれ顔を見合わせる。

信じられない、という表情。


「火浦さん……」

月刀も、スクリーンの様子に息を呑んでいる。

「ラプターは、推力偏向ノズルで〈ひねり込み〉をやるって言うんですか⁉」

「う、うぅ」

火浦も、唸るしかない。

Ｆ22は、敵を目視圏外から殲滅するステルス戦闘機だが、機動性能にも優れ、格闘戦にも強いと言う。

これでは――

「風谷がやばい」

しかし

「いや。まだ勝負は決まっていないぜ」

鷲頭が腕組みをしたまま、顎でスクリーンを指す。

「見てな」

Ｇ空域　Ｆ15ブルーディフェンサー四番機

「――――」

鏡黒羽は、目を上げた。

バックミラーにちらと映り込んだ、黒い鋭いシルエット――

こいつが、姿を消すとかいう戦闘機か。

ふん。

ヘルメットの下、酸素マスクをつけた顔は、目の部分だけが外に出ている。猫を想わせる切れ長の目。

右手は細心の注意で、操縦桿を握り続けている。黒羽の座る射出座席のすぐ上、涙滴型キャノピーを覆うように被さるのは、灰色の天井——同じF15Jの腹だ。

ブォオオオッ
凄じい風切り音が、キャノピーを震わせている。さっきからもう何分になる……？　風谷修の一番機の腹の下に、吸いついてコバンザメのように一緒に飛んでいる。まったく同じ宙返り——上昇する一番機のエンジン下部と、黒羽の機の垂直尾翼先端部との隙間は、わずか三〇センチ。密集編隊などというものではない、こんなに僚機の腹の下に『密着』して飛行するなんて、ブルーインパルスでもやらない——

『鏡っ』

ヘルメット・イヤフォンに声。激しい呼吸。

『今だ、頼む』

「——フォー」

分かってる、任せろ——そんな意味を込めて「フォー」とだけ応える。今日はいつもの二番機ではなく四番機。

ようやく、出番が来た。

カチッ
左の親指で、スロットル側面のスピードブレーキのスイッチをクリック。

同時に操縦桿をわずかに前へ押し、一番機の腹の下から離脱した。

ブォッ
（――クッ）

すかさずスロットルをアイドルへ絞って右ラダーを踏み込み、操縦桿を左へ倒す。視界が廻る。

頭は動かさない、動かしては駄目だ――

イーグルは即座に反応し、軸廻りに回転して後ろ向きに『瞬間移動』した。

ブンッ
回転する視界の、すぐ頭の上。黒い蝙蝠《こうもり》のようなシルエットが頭の後ろから前へ、吹っ飛ぶようにつんのめり出る。

今だ……！

操縦桿を右、ロールを止める。スピードブレーキを閉じてスロットル全開、操縦桿を引く。

ぐううっ、と機首のすぐ前を、追突しそうになりながら黒い機体が沈み込む（ように見える）。ノズルの真後ろを通過する時、激しく揺さぶられる。

ガガガッ

「くそ」

黒羽はマスクの中で顔をしかめる。

今日は、相手と無線が通じないというから。この黒い奴に自分がやられたことを分からせるのに、姿を見せてやらないといけない。

兵装選択はすでに〈GUN〉にしてある。照準なんていらない、標的は一〇メートル前方だ。

「フォックス・スリー」

標的は、黒いラプターの機首に突き出すキャノピー。右の人差し指でトリガーを絞りながら、鏡黒羽はマスクのマイクに告げた。

「ユー・アー・キルド。墜としたぞ、黒いの」

向こうのバックミラーに、いきなり現れたので驚いたのだろう。

F22ラプターの涙滴型キャノピーで、黒いヘルメットがこちらを振り向く。

バイザーを下ろした顔が、黒羽に向いた。

（……何だこいつ、女か……？）

黒羽は、眉をひそめた。

第Ⅱ章　猛禽のエリス

1

小松基地　地下
要撃管制室

「……!?」

「!?」

いったい、何が起きたのか。

情況表示スクリーンを見上げるほぼ全員が、目をしばたたいた。

何が起きたのか。すぐには認識出来ない。紅い三角形に背後から食らいつかれ、今にもやられる——そう思われた緑の三角形〈BD1〉が、二つに『分離』したのだ。

現れたもう一つの緑の三角形は、紅い〈CD1〉の下を重なるようにくぐり抜け、そのすぐ後ろにくっついた。

『フォックス・スリー』

天井スピーカーにアルトの声が響くと。

同時に三角形の横で『GUN』の文字が赤く明滅する。

緑の三角形の識別符号は〈ＢＤ４〉。

「あ、あれは」

「イーグル四番機……？」

ベテランパイロットたちが顔を見合わせる。

『墜としたぞ、黒いの』


わずか、数秒の出来事だった。


「……ブ」

判定担当の要撃管制官が、我に返ったように声を上げる。

「ブルーディフェンサー・フォー、コンドル・ワンをフォックス・スリーでキル！」

おぉ
おぉう……

ブルーディフェンサー四番機が、コンドル一番機を機関砲で撃破。

その判定が信じられないのか、アメリカ軍側の士官やスタッフたちは、うめき声のような嘆息しか出ない。

管制官の判定を、無線で伝えられるまでもないのか。

スクリーン上では〈ＣＤ１〉――ラプターの一番機が、自分を撃ったイーグル四番機と並び、まるで編隊を組むようにして緩やかな左旋回に入る。

模擬空戦は終了し、小松基地への帰投だ。

「火浦さん」

「……うん」

月刀の声に、火浦は腕組みをしてうなずく。

「参った。俺も、四番機の鏡はどこへ行ったのだろうと思っていたんだが……」

「確かに、密集編隊を組めば」月刀も腕組みをする。「敵機や、防空レーダーに『二機を一機』と錯覚させることは出来ます。しかし、ああやってスクリーンから識別符号も消えていたということは。鏡は、垂直尾翼のデータリンク用アンテナが衛星と通信出来ないくらい、風谷機の腹の下にぴったり重なり隠れていたと——」

「そういうことになる」

火浦は唸った。

「しかし、いつから……」

すると
「ふん」

隣で鷲頭が鼻を鳴らす。

「見ていなかったのか隊長?」大男はスクリーンの一方を顎で指す。「鏡が姿を消したのは、風谷が積乱雲から出た、その瞬間だ」

「あ」

「あ――」


「なるほど」

銀髪の大佐はうなずいた。

「コマンダー・ヒビノ。今のは忍者の術で言うと、何と呼ぶのかな」

「は、はぁ」

日比野克明も、スクリーン上のほかの闘いに目を奪われ、四番機がどこへ行ったのか、一時的に意識から抜けていた。

「不覚です。私も四番機の所在を忘れていた」

「そうだな」

しかし。

ビショップ大佐は、それまで不満そうだったのが、逆にすっきりした表情だ。

「ステルス機が、在来型機に姿を隠され、逆にやられる……。同じことがまた起きた」

「？」

「やはり我々は、技術に頼り過ぎていたようだ」

「どういう、ことです」

すると
「コマンダー・ヒビノ」

ビショップ大佐の向こうから、副官らしい大尉が呼びかけて来た。

長身の白人。三十代か。今日、初めて口を開く。

いや、この男――俺が勝手に副官と思っていただけかも知れない、と日比野は思った。大佐の隣につき添っていたから、そう見えたのだ。

「第一戦闘航空団・情報分析主任補のワイズ大尉です」

名乗った長身の大尉は、日比野の前に進み出て、右手をさし出した。

「お見知りおきを。防衛部長」

「あぁ、どうも」

握手に応える。

第一戦闘航空団の情報分析主任補……？

今、そう言ったのか。

日比野克明は、防大を出てから一定期間、アメリカ空軍へ派遣され、委託訓練コースでウイングマークを取得した。現地で飛ばした練習機はT38タロンだ。

少数だが、空自のパイロット養成には、そういう派遣留学のコースがある。防大卒の、将来上級幹部となる者が選ばれることが多い。留学でパイロットになると、上手ではなくとも英語には不自由しなくなる。アメリカ空軍に友人も出来る。

「あなた方の実力は見せて頂いた」

握手しながら、ワイズ大尉と名乗った将校は告げた。

「この上で、あらためてご相談したいことがあります」

「？」

日比野は首を傾《かし》げる。

何だろう。

コマンダーと呼ばれた通り、日比野は二佐（中佐）だ。役職は、第六航空団の防衛部長。これは航空団司令の下で、実質的に小松の航空部隊すべてを統括する。

同じ二等空佐といっても、出身ソースによって意味合いは違う。飛行隊長の火浦暁一郎二佐は高卒の航空学生出身で、現在のポジションが昇進コースの到達点だ。パイロットの多くを占める航空学生出身者が、二佐より上の一佐に昇進して組織の上級統括者になることは、あまり無い。一方、日比野の場合は防衛大学校卒なので、二佐は通過点だ。現在の航空団防衛部長を勤め上げたら、次は中央の幕僚監部か航空総隊へ行き、幕僚として経験を積む。そこで一佐へ昇進し、今度は各地の航空団へ司令として赴任する。航空団司令をうまく勤め上げれば、空将補へ昇進し、また中央へ戻って次は航空総隊司令官や幕僚長への道が待っている。

日比野にとって、胸にウイングマークをつけて戦闘機パイロットの資格を維持しているのはあくまで『現場を知る』ためだ。現場を知っていないと、指揮が執れないからだ。だから、技を極めようと日々頑張って飛んでいる航空学生出身のパイロットたちとは、戦闘機に乗る意味も違う。日比野にとっては、うまく飛ばせるかどうかはあまり重要ではない(一度、鏡黒羽を二番機に従えて月間慣熟飛行に出たら、デブリーフィングで『その程度?』という顔をされた)。

自分よりもずっと年下の女子パイロットから鼻で笑われるのは、いい気分ではないが、上に立つ者の難しさは現場の若い連中には分からないものだ。

いや、そうだ。そんなことを考えている場合ではない。

俺の操縦ぶりを鼻で笑うくらいだから、鏡二尉は相当な自信の持ち主だ。実際、いま目の前で腕を見せてくれた。

そうしたら、ビショップ大佐の向こうに立っていた将校が初めて身分を明かし、別件で相談があると言う。

第一戦闘航空団といえば、アメリカ空軍随一のエリート部隊だ。その情報将校……?

今回の合同演習の申し入れは、嘉手納の太平洋航空軍司令部から、市ケ谷の防衛省統合幕僚監部を通して行われたと聞いている。

だが
「その通りだ」

ビショップ大佐もうなずいた。

「ヒビノ。実は、我々は今日そのために来たのだ」

小松基地
滑走路24最終進入コース

十五分後。

『ブルーディフェンサー・フライト、クリアー・トゥ・ランド。ウインド、ツーナイナゼロディグリーズ・アット・ツーゼロ・ノッツ（ブルーディフェンサー編隊に着陸を許可。風向二九〇度、風速二〇ノット）』

斜めに流れる地平線に重なって、小松管制塔の声がヘルメット・イヤフォンに響く。

「ラジャー、クリア・トゥ・ランド」

帰投は、滑走路24への目視進入だった。楕円状のトラフィック・パターンに入り、周回するようにして滑走路へ正対する。

風谷は無線に復唱しながら、六〇度バンクの二Gで右旋回、斜めになって流れる地平線の右端に、滑走路の姿を目で捉えた。

よし、来た――

「――」

自分の目の前に滑走路が来るように、バンクを戻す。操縦桿を押し、パワーをわずかに絞り降下開始。

依然として横風は強い。風向修正をしながらの降下だ。

海岸線に沿う滑走路24は、降下角三度のパスで降りて行くと、裾広がりの台形のように見える。

次第に大きくなる台形の中央よりやや手前、白い四角い豆腐のような接地帯標識が左右に二つ。

風谷は、ヘルメット・マウント・ディスプレーの白い円が、左右の接地帯標識の真ん中に重なるよう操縦桿を操る。風が海から吹いているから、海側へ少し機首を振った姿勢で最終進入だ。

着陸脚は下りている。フラップもダウン――着陸前チェックリストの項目を確認し、滑走路上がクリアであることを確かめると、バックミラーに目を上げる。

（――――）

ミラーの視界。キャノピーのフレームには湾曲した細長いミラーが上部、右、左と三つ取りつけられている。今、右のすぐ後ろにもう一機のＦ15Ｊ（鏡黒羽の四番機だ）。そして風谷の真後ろやや上方に、黒いＦ22ラプターが浮いて見える。

なんでこいつ――

『ブルーディフェンサー・ワン、風谷二尉』

小松管制塔の管制官が、確認するように訊いて来た。

『編隊着陸は、三機一緒ですか』

「――あぁ、そうだ」

風谷は、滑走路上の接地帯標識から目を離さないようにしながら、無線に応える。

「三機、一緒だ」

『ラジャー』

しかし、なんだってこいつ、くっついて来るんだ……？

強敵だった。

それが、戦闘が終わると、まるで三機編隊の三番機のように、風谷と鏡黒羽の後にくっついて来たのだった（無線も通じないし、特に編隊を組むのを拒否する理由も無いのだが——）。

降下パスと、センターラインをキープしながら、またちらと目を上げる。双尾翼の黒い機体はツルッとした印象で、余計な突起物が何も無い。風谷よりも数メートル高い位置を保って降下して来るから、風防の中にはヘッドアップ・ディスプレーの板が覗いているだけで、パイロットの顔は見えない。

というか、ヘルメットに酸素マスクをつけ、バイザーを下ろしていればどのみち顔なんて見えないのだが……。

（……どんな奴なんだ）

考える暇もない。視野の中で大地がせり上がる。

風谷は前方へ視線を戻すと、顎をぐっと引き、白い接地帯標識の中間と自分の握る操縦桿のアタマが縦一列に並ぶように機をコントロールした。横風の成分が、地面に近づくにつれ変化するので、その瞬間ごとに機は滑走路のセンターラインの延長上から横へずれようとする。ずれの初動を捉え、素早く修正するには、離陸の時と同じように『二つの点を縦に並べる』操縦をすればいい（これも鏡黒羽——今、右後ろにいる四番機のパイロットに教わった〈技〉だ）。

凄いな……。

操縦に集中していても、三枚のミラーは視野に入るので、後ろの二機の挙動は何となく分かる。

軽く驚いたのは、風谷が横風の変化で機首の向きを素早く右へ修正すると、同時に黒いラプターも同じ挙動で右へわずかに修正する。ミラーの中の位置は、右後ろの黒羽の機が全くぶれないのは当然としても、真後ろのラプターも全くずれないのだ。

空中戦に強いパイロットは、些細な操縦もていねいで巧いものだ……。昔、教官にそう言われたことを思い出すが
(いかん、着陸だ)

台形のような滑走路の裾が広がり、自分の視野の左右一杯になる――そう感じた瞬間、イーグルの機体は滑走路の手前の末端を飛び越して通過する。

滑走路面がうわっ、と広がるように迫る。機首は、センターラインよりも右――風上へ振っている。このままでは斜めの状態で接地してしまう。風谷は左ラダーを踏み、機軸をセンターラインに合わせると同時に、風下へ流されないよう、右の風上側へ機体を小さく傾けた。同時にスロットルをアイドル、機首を引き起こす。白いセンターラインを跨《また》ぐように、右の主車輪から先にタッチダウン。

キュッ
続いて左主車輪、前輪の順に接地。

キュ、キュッ

横風に煽《あお》られないよう、操縦桿を右へ倒しながらミラーに目を上げると、右後ろでF15の四番機が右主車輪からパッ、と白煙を上げて接地。ほぼ同時に、センターラインのやや左側に黒いF22が同様な姿勢で接地。風谷の真後ろから、やや左側へ位置をずらしたのは、横風に流されたというより追突を避けるためか。

(――そうだ、追突されたらかなわん)

F22ラプターの制動性能がどれくらいなのか、分からない。

風谷は、左の親指で機体背部のスピードブレーキを立てる。ぐんっ、とつんのめるような減速Gがかかる。ミラーを見ながら、フット・ブレーキは通常よりもゆっくりめに踏み込んだ。

小松基地　司令部前エプロン

「戻って来た――!」

漆沢美砂生は、エプロンに駐機させた機体の傍で、滑走路を見やった。

美砂生自身も、たった今自分の機の搭乗梯子《はしご》を下りたばかりだ。午後一時に出発して、やられて帰ってくるまでに一時間かかっていない。短い戦闘飛行だったが、服ごとサウナに入ったかのように汗をかいていた。

「でもどうして三機一緒――くしゅっ。あぁ、もう」

エプロンの風に当たると、くしゃみが出る。顔の下半分を手で押さえ、遠く滑走路の接地帯付近を見やる。

二機のＦ15、続いてＦ22が、編隊のまま降りて来る。海からの横風に対し、軽く機体を傾けるようにしてタッチダウン。

タイヤから一瞬、白煙が立つ。

おぉ、おうと美砂生の周囲で声が上がる。司令部前エプロンには機体を出迎える整備員のほかにも、飛行隊のパイロットや地上勤務の幹部や隊員までが見物に出ていた。

「うぅむ」

「見事だ」

「この横風で、なんてきれいな編隊着陸だ」

先頭のＦ15は滑走路を一杯に使って減速する。末端の誘導路から離脱する。

二機目のＦ15、そしてＦ22が続く。

「あのラプターの奴、何者です」

すぐそばで声。

「編隊着陸、妙に息が合っているじゃないですか」

「──菅野君?」

振り返ると。

同じく、オリーブグリーンの飛行服を汗で黒くした菅野一朗が、ヘルメットを脇に抱え、唸っていた。

「班長。風谷と鏡は、ふだんペアだから当然だとしても。さっき初めて編隊を組んで──あんなにきれいにポジションをキープして接地を決めて見せるとは。あれはまるでブルーインパルスの着陸じゃないですか」

「────」

菅野の感想は、美砂生も感じていたことだ。

あのラプター……。

鏡黒羽が、あれを風谷と二人がかりで『撃墜』したことは、無線を聞いていて知った。四対二の条件下ながら、一応、美砂生のチームが勝ったことにはなるのだろう。ただ強敵だったことは確かだ。自分は、墜とされた。

戦闘の最中は、凄い性能の新鋭機にしてやられた──そう思っていた。

しかし、帰投して着陸する様子を見ると、性能の差だけではない。パイロットとしての素の技量も、あれは相当なものだ。

（でも、だからといって凄い奴とは思わない）

美砂生は、いつのまにか『管理者の見方』をするようになっている。ああやって、初めて編隊を組むF15と、必要もないのに編隊着陸をやって決めて見せる。どんなものだ、と言っているようにも見える。必要のないリスクを冒し、技量を誇っている。そういうところは青い。

だが
「とんでもない体力の持ち主ですよ」

菅野は唸る。

「俺と巴戦をして、八Gの連続旋回に耐え抜いた。その上で推力偏向機動をして、バレルロールで後ろに食いつきやがった。あの瞬間、相当なG——というか『衝撃』が加わったはずだ」

「——そうね」

美砂生は、うなずく。

「イーグルは、八Gで回り続けると自然に速度がおちてしまうけれど。あれはどうやら、逆に加速出来るらしいし」

「戦闘機の機動性能が凄いということは。逆に、乗っている人間にとってはたまったもんじゃないってことですよ」

小松基地　誘導路

（何だ、航空祭みたいだな……）

滑走路を一杯に使って減速し、末端でターンし離脱すると、風谷は誘導路に入った。

基地の司令部前の駐機場へ近づいて行くと、見慣れない大型輸送機のT字尾翼がそびえ、その手前にも機体がいくつか停まり、大勢の人の姿がある。

年に一度開かれる、航空祭の時のようだ――そう感じたほど、人が多い（もちろん全てが基地の要員で、民間人はいない）。

四発の大型輸送機は、アメリカ空軍のC17グローブマスター。尾部が左右に開き、積載用ランプが地面に下ろされている。多数の作業員が動いている。その手前に駐機しているのがF22ラプター一機と、少し間隔を空けて二機のイーグルだ。

ラプターは風谷が一騎打ちで『墜とした』機体。イーグルは菅野一朗と、漆沢美砂生の乗機だろう。いずれも先に基地へ帰投していたのだ。

（――――）

風谷は、またミラーをちらと見る。

誘導路は狭いので、二機が並んで通ることは出来ない。真後ろに鏡黒羽のイーグル、その後ろに黒いラプターが続いている。

この後、演習のデブリーフィングは、合同で行われるはずだ。

(どんな奴なのか)

すぐに顔を見ることになる。

自分の英語が、通じるといいんだが……。

そう考えていると、駐機場の一角で誘導係の整備員が二本の赤いパドルを上げる。『ここへ来て駐機せよ』という合図だ。

あそこへ停めろ、か……。

誘導整備員の立つ位置は、ちょうど駐機している一機のラプターと、二機のイーグルの中間に空けられたスペースだ。

司令部前エプロン

誘導員のパドルの合図にしたがって、右ラダーを大きく踏み、誘導路からエプロンの駐機用ラインに直角ターンする。

誘導員の立ち位置に向かって、そろそろと進み、左右のパドルがクロスされる瞬間にブレーキを踏み込む。機首がお辞儀するように上下し、機体が停止。

（よし、パーキング・ブレーキをセット）

機体が止まると、待ち構えていた整備員たちが駆け寄り、機体の下で主車輪に車輪止めを嚙ませた。

前方に立つ誘導員が、操縦席の風谷に『チョーク・イン』を手信号で知らせる。

（了解）

風谷も親指を立てて応え、左手で燃料コントロールスイッチを、二つともカットオフにする。

双発のエンジンが、背中で停止する。

だが静かにはならない。ほとんど同時に、右横のスポットに鏡黒羽のイーグル、左横に黒いラプターが進入して来た。それぞれの誘導員の『停止』の合図に、お辞儀するように二つの機体が停まる。

（着いたか）

風谷は、自分の操縦席のキャノピーを開いた。

風が吹き込む。

エンジン音とざわめきと共に、搭乗用梯子が左サイドに掛けられ、機付き整備員が駆け上がって来た。

「二尉、いかがですか」

「機体は異常ない」風谷は酸素マスクを外しながら応える。「けれど上空でデパーチャーした際、マイナスGがかかった。点検してくれないか」

「分かりました」

「頼む」

機付き整備員に機体の状態を伝え、座席のハーネスを外すのを手伝ってもらう。ヘルメットを脱ぐ。

風谷修は先月、三尉から二尉に昇進した（航空学生出身者として標準的なペースだ）。最近、基地の整備員にも年下の者が多くなってきた。以前は年かさの技術者に「お願いする」感じだったのが、この頃は新人の整備員から機体のことについて逆に質問されることもある。

整備員と、コクピットを入れ替わり、梯子を下りた。

（――でかいな……）

左手を見上げる。

四発・高翼の、そそり立つような巨体がある（C17輸送機の実物は初めて見る）。

その手前に、二機のＦ22が並んで駐機する格好だ。

着いたばかりの黒い機体──ラプターのエンジンが停止する。

ウォンウォンウォ──

（低いな、音……）

推力は、でかいのだろうけど……。

初めて耳にするＦ22のエンジン音は、Ｆ15ＪのＰ＆Ｗ／ＩＨＩ－Ｆ一〇〇の双発よりも、低く小さく唸る感じだ。燃料がカットされ、その唸りもすぐに消えていく。

推力偏向ノズルというのは、どんなふうになっているのだろう──？

興味は湧くが、ノズルの形状は風谷の立つ位置からは見えない。後ろへ回って見てやろうか、と思った時、黒い機体の機首の上でキャノピーが開いた。

（……!?）

ラプターのキャノピーは、Ｆ16のように一体構造で、全部が持ち上がって開くのだった。偏光プラスチックを採用しているのか、閉じた状態ではスモークがかかったようで、中の様子はよく見えなかった。

風谷の目を引いたのは。

バイザーを下ろした黒いヘルメット。パイロットの姿が覗いた。その上半身が、意外に小柄だった。

しかもキャノピーがせり上がって開き、風が吹き込むと、酸素マスクを顔からむしり取るように外し、計器パネルのグレアシールドに両手をついて突っ伏したのだ。

何だ……？

飛行服も、ヘルメットと同様に黒い。ほっそりした背中が、前屈《まえかが》みになり、激しく息をついている――

まるで水泳の選手がレースを泳ぎきって、プールの壁につかまり、激しく呼吸しているみたいだ。

どうしたんだろう。

機首の向こう側に搭乗梯子がかけられ、アメリカ軍の整備員が駆け上がる。エプロンの騒音で言葉は聞こえないが、白人の整備員が『大丈夫ですか？』と言うような表情で声をかける。

パイロットは黒い手袋の左手を上げ『大丈夫、触るな』というように振る。

上半身を起こす。その両手でヘルメットを脱いだ。

（……え!?）

風谷は息を呑む。

女……？

白いものがパッ、と散る。髪が白いのかと思ったら、白色に近い金髪——プラチナブロンドなのだ。横顔が覗く。

濃い眉と、切れ長の目。肩で息をしながら、女子パイロットは、見られていたのが最初から分かっていたように風谷を横目で見返した。

「……!?」

蒼い目が睨むように見返したのは一瞬で、黒い飛行服の女子パイロットは顔を前へ向け、ハーネスを一挙動で外す。

射出座席から立ち上がり、機首の向こう側に掛けられた梯子へ。

ひらり、と軽やかな動きに見えたが。その姿が機首の向こうに隠れ、梯子の下に現れ地面に降りる瞬間、ふらついた。梯子につかまるようにして、また肩を上下させ、息をつく。

(何だ、あいつ……)

金髪の女子パイロットの挙動に、風谷は目を奪われてしまう。

年齢は、自分と同じくらいだろうか……?

それにしても。風谷は感じた。ほっそりしたシルエットと、時々ふらついたりはするが体重を感じさせない動き——どこかで見たような……

その時

つん

背中から、右肩の後ろをつつかれた。

「え」

「何を見てる」

2

小松基地　司令部前エプロン

「何を見てる」

耳のすぐ後ろで声がした。

アルトの声と、気配ですぐ分かる。

「何を見てる？　風谷二尉」

「――鏡」

風谷が、右横を見やると。

隣に立ったのは鏡黒羽だ。

背中から歩み寄って来た後輩の女子パイロットは、『お前、隙だらけだぞ』とでも言うように、人差し指で風谷の肩の後ろをつついたのだった。

鏡黒羽は一つ年下だ。

航空学生でも一年後輩になる。ほっそりした飛行服姿はヘルメットを脱ぎ、肩のすぐ上で切りそろえた髪を風に吹かれている。

猫を思わせる、切れ長の大きな目。

その黒い瞳が、ラプターの機体の方へ向く。

「あいつか」

「うん」

風谷がうなずくと。

ちょうど、視線を向けられたのを感じ取ったように。黒いステルス機の機首の下で、飛行服姿が顔を上げ、こちらを見た。

（——う？）

鋭い、蒼い目……。

風谷は気圧《けお》された。金髪の女子パイロットは梯子を片手で掴み、うつむいて肩を上下させていたが、こちらへ目を上げた。その眼光。

大丈夫かな、あいつ――

だが
また風谷は思った。

切れ長の蒼い目は鋭い――でもほっそりした飛行服姿は、全力で長距離を走った直後のアスリートのように、倒れ込む寸前にも見える。

「え」

こっちへ来る……？

細いシルエットは、呼吸を整えると上体を起こした。ラプターの機首の下を軽く屈んでくぐり、こちらへ歩いて来る。

右手にヘルメットを下げている。

（……？）

ややふらつくが、猫科の猛獣を思わせるような身体の動きだ。体重を感じさせない――

黒い飛行服の胸にはネーム。ヘルメットにも、眼庇の上の部分に目立たぬグレーのペイントで文字が書き込んである。

風谷が読み取るより先に

「――ルテナント・G・エリス。TACネームが『エンジェル』……?」

黒羽がつぶやくように言った。

「何だこいつ」

「………」

風谷は、それよりも金髪の女子パイロットと、すぐ隣に立つ黒羽を見比べてしまう。

背格好が、ほとんど同じ。


「――ハァ、アイガロイット」

間合い一メートルで、金髪の飛行服姿は立ち止まった。

低めのアルトの声だ（黒羽の声に少し似ている）。ヘルメットを下げたまま両手を腰に置き、風谷と黒羽を順に見て、うなずいた。白い顔に濃い眉。厚めの唇は桜色。

「ユー・トゥー」

そう、あなたたちね。

そんなふうに言ったのか。

「――――」

風谷は、桜色の唇が「ユー」と発音する時、蒼い目が品定めするように自分を見た感じがした。その目に『ふぅん、ちょっとは増しなほうね』と言われた気がした。

一瞬、固まってしまうと。

「エニウェイ」

金髪の女子パイロット（やはり年齢は近いようだ）は、肩をすくめるようにして、ヘルメットを左手に持ち替えると手袋を外し、風谷へ右手を差し出した。

「ナイス・トゥ・ミーチュー。アイム、ルテナン・ガブリエル・エリス。ザ・ファースト・タクティカルスコードロン、USエアフォース」

「――あ、あぁ」

エプロンの風に乗って、甘酸っぱいような匂いがする。

風谷は、自分も手袋を取ると、アメリカ人の女子パイロットの手を握り返した。柔らかいが、中指と薬指の内側に固いタコがある――

とっさに英語は出て来ない。「どうも」と言ってしまう。

エリス中尉というのか。金髪のパイロットは黒羽にも「ナイス・トゥ・ミーチュー」と右手を差し出すが。

「ふん」

黒羽は、腕組みをしてしまう。

「いけ好かない」

「おい」

風谷は、目をしばたたく。

黒羽はどうしたのだ。握手に応じない。それどころか睨み返す。

「鏡。こちらに、失礼だろう」

「失礼はどっちだ」

鏡黒羽は、猫のような切れ長の目で金髪の女子パイロット——エリス中尉を睨んだ。

英語なんか使う気がないのか。睨みつけたまま、日本語で文句を言う。

「お前、わたしの一番機に、真正面から突っ込んで来やがって。自分が死にたいなら勝手だが、人を巻き添えにするな」

だが
次の瞬間、白い顔の女子パイロットは「フフ」と唇の端を歪めた。

笑ったのか……？

「フ、敵機がどう動こうと、あなたに文句は言えぬ」

ふいにその唇から跳び出したのは、日本語だ。

何だ。

風谷は、思わずその顔を注視する。

エリス中尉は頭を振る。

「死ぬ気で突っ込んで来る敵もいる——エニウェイ、ユー・キャンノット・トゥ・メイク・ア・チョイス」

「…………」

「!?」

「あなたは訓練のために闘っているのか。ルテナン・カガミ」

「な」

黒羽が一瞬、絶句すると。

「そう」

ガブリエル・エリスは、今度は切れ長の蒼い目で風谷を見た。

「あなたが、ルテナン・カゼタニか。ファイルで見た写真より、少しいい」

「……？」

何のことだ。

だが風谷が眉をひそめると同時に、突然金髪のパイロットは「ウッ」と顔をしかめた。

急に眩暈《めまい》に襲われたように、目をきつく閉じ、前のめりに倒れて来た。

「ウ——」

「……お、おい!?」

どさり、と倒れて来たので、風谷は慌てて抱き止める。

「大丈夫か。しっかりしろ」

司令部前エプロン　アメリカ空軍C17輸送機
機内ブリーフィングルーム

十分後。


「これより、特別ミーティングを始める」

太平洋航空軍の所属だというC17グローブマスターの機内。

その機内空間に、風谷は着席させられていた。

知識として知っているだけだが、C17は通常は軍用車両のハンヴィーを並列に二台並べ、総計十台積める機内容積だという。だが今回は演習支援のためか、内部を改装していた。F22の整備作業に使われる車両や機材を後部に積み、広大な機内空間の前方の半分は壁で仕切られ、内部を情報センターのように仕立てていた。

ディスプレーとキーボードを備えた管制卓のような席が、左右の壁際にずらりと並び、アメリカ軍のオペレーターが着席している。中央の床には、パイロットが作戦の説明を受ける時に使われる小型テーブル付きの座席が十数列、並べられている。天井は高い（対潜哨《しょう》戒機《かいき》や早期警戒管制機よりも機内空間は大きいので、飛行機の内部であることを忘れるほどだ）。そして機首側――空間の前方には、大型の情報表示スクリーンと、演壇のような台がある。

「これは表向き、合同演習の振り返りの評価判定デブリーフィングだ。だが」

スクリーンを背に、演壇に立つのは第六航空団の日比野防衛部長だ。飛行服ではなく、二佐の制服。

小柄な日比野二佐も、いつもより心もち、呼吸が速い感じで話す。冷静になろうとしているがおちつかない――そんな感じだ。

（…………）

どうしたのだろう……？　風谷は思った。

パイロットのための椅子席は、三十人分余りある。だが素早く目を走らせても、飛行服姿で座る者はまばらだ。風谷の前の列に漆沢美砂生と菅野一朗、左隣に鏡黒羽。そして最前列に飛行隊長の火浦暁一郎。風谷から右手に少し座席をおいて、黒い飛行服姿が二つ。男の方は初めて見る。銀髪の若いパイロットだ（階級章は少尉）。そして端の席に、白に近いプラチナブロンドのガブリエル・エリス。

エリス中尉は、椅子の横に立てたスタンドから点滴の袋を吊し、透明なチューブを右腕に差し込んだまま、半ばのけぞるように座っている。

寝ていればいいのに……。

だが白い顔のガブリエル・エリスは『自分がここに居なくてどうする』と言わんばかりの表情で、半ばのけぞる姿勢で前方の演壇に視線を向けている。微かに、肩を上下させている。

「諸君、ご苦労だった。しかしながら先程の演習の内容自体は、はっきり言ってどうでもいい」

日比野二佐の声が続ける。

（……？）

風谷は演壇へ注意を戻す。

今、何と言った。

どうでもいい……？

どういうことだ。

「それよりも重要な『喫緊の問題』について、いま私から話す。第六航空団の諸君は驚くかも知れない。しかし我々にとって、決して無関係なことではない」

「……？」

「？」

前の席で、漆沢美砂生と菅野一朗が顔を見合わせる。

風谷は、左横に座る鏡黒羽を思わず見た。

何だろう。風谷が目で問うと。

黒羽も横目で『さぁ』という表情をするが
「あの防衛部長も」小声で、黒羽は言う。「『自分もたった今知らされました』――って顔してる」

「…………」

見ると、演壇の左右には、制服のアメリカ軍将校たちが立つ。一見してブリーフィング席のパイロットよりも、制服組の数が多い。立ち並ぶ中に一人だけ日本人がいる。ダークスーツ姿の長身。民間人か、いや官僚だろうか……。

（…………）

風谷は、ブリーフィング用の椅子で、ここへ着席するまでの経緯を思い返した。

慌ただしかった。

十分ほど前のこと。

不敵な印象で自己紹介をしたアメリカ軍の女子パイロット——ガブリエル・エリスは、しかしふいに表情を歪め、その場に崩折れた。前のめりに倒れて来たのを、思わず風谷は抱きとめていた。

「お、おい大丈夫かっ」

「——」

エリス中尉は無言。

気を失ったのか……!?

参った——

甘酸っぱい匂いがする。風谷の頬に当たるプラチナブロンドの髪から、汗の匂いがしている。

抱きとめた身体はほっそりしていて、体格は白人というより東洋人だ。地面へずり落ちないよう支えると、固い筋肉の感触がする。鍛えているのか。

「鏡」

手助けを頼もうと、黒羽を呼ぶが。

ふん、と鏡黒羽は腕組みをしたまま

「その辺に、転がしとけばいい」

「そういうわけに、行かないだろう——おい誰か、担架を」

呼ぶと、すぐに整備員数名が駆けて来た。救護用の担架に載せられ、気を失ったエリス中尉は運ばれて行った。

「風谷君」

背中から呼ばれた。

振り返ると、飛行服姿の漆沢美砂生がヘルメットを手に立っている。

その後ろには菅野一朗。

「これからすぐ、デブリーフィングだそうよ。一緒に来て。鏡二尉も」

「は、はい」

「あそこのC17の中で、やるんだとさ」

菅野が背後の輸送機を指す。

「コーヒーは呑み放題だそうだ」

「輸送機の中で……？」

風谷は、ラプターの向こうにそびえる高翼・四発の機体を見る。

デブリーフィングに、基地の飛行隊作戦室を使わないのか。

「どうしてだ」

「知らん」

菅野は頭を振る。

「F22の性能が機密だからとか、そういうことだろ」

風谷は、水が呑みたかったが。取り敢えず漆沢美砂生と菅野の後に続こうとした。

「――鏡?」

黒羽がついて来ないので振り向くと。

細身のシルエットはいつの間にか、ラプター一番機の機首の横にいた。機体を見上げ、眺めている。アメリカ軍の整備員が英語で『それ以上近づかないで下さい』と告げ、前に立ちはだかる。

「鏡、行こう」

黒羽と連れだって、少し遅れて大型輸送機の機体へ向かった。

「俺も、見たいけど」

風谷はちらとラプターを振り向いて見る。

「詳しくは、見せてくれないだろうな」

「――――」

「どうした?」

「――あの座席」

「座席？」

黒羽が、横目でF22の機体を指すので、風谷も立ち止まる。

コンドル・ワンというコールサインで呼ばれていたラプターの一番機は、すでに数人の整備員が取りつき、機体各所で点検作業が始まっている。

第六航空団の整備員たちが、ぐるりと周囲を取り巻いて見物しているが、さっきの黒羽同様、ある範囲から内側へは制止されて近づけない。

「座席が、どうしたんだ」

「見た感じでは普通の射出座席だった」

「？」

「Gに耐え抜くための、特別な工夫もされていない。F16のような」

「それが、どうしたんだ」

「よく耐えたな」

「え？」

そこへ
「風谷、鏡」

また背中から呼ぶ声があった。

早足で追いついて来たのは火浦二佐だ。飛行服姿。

防衛部長の日比野二佐も一緒だ。

風谷と黒羽は、そろって敬礼をする。

「ご苦労だった」

火浦は、さっと答礼すると、輸送機の巨体を指した。

「休憩も無しで済まないが、あっちですぐにデブリーフィングだ。防衛部長から、重要なお話もある」

「火浦隊長、先に行くぞ」

日比野二佐は、普段からあまり笑いもしないが、急いでいる様子だ。

火浦に「先に行く」と断ると、風谷と黒羽が敬礼するのに軽く応え、背を向けて行ってしまう。C17輸送機は、機首下側の乗降ハッチを開いている。そこへ向かっていく。

「隊長。重要な話とは、何です」

「ここでは口に出来ん。機密だ」

火浦は頭を振る。

「実際、俺も驚いている。さっき戦闘終了直後に、防衛部長がアメリカ軍の情報将校から直接に通告された。日米共同で、これからある重要なオペレーションが行われる」

「重要な？」

「――？」

「いいか二人とも」

火浦は小声で、周囲を気にするようにした。

「国会で法案が通ったのは知っているだろう。早速、少し難しいことになるかも知れん。覚悟しろ」

「？」

「――――」

「実は、アメリカ軍側が急にDACTを申し込んで来たのは、どうやらお前たちの実力をじかに確かめたい――そういう意図があったらしい。漆沢たちもだが、特に風谷、鏡、お前たち二人の空戦の実力をだ」

「どういう……」

「――――」

「〈タイタン号〉事件のことは」

火浦は言葉を区切り、黒いサングラスで風谷と黒羽を見た。

「アメリカ側も知っている。いや、それより以前の〈亜細亜《アジア》のあけぼの〉原発襲撃事件の詳細もだ。連中は、何かやろうとしている。詳しいことはまだ知らされないが」

「…………」

「──────」

「あの輸送機の機内をデブリーフィングに使うのは、機密を護《まも》るためらしい。詳しいことは──」

その時。

火浦の言葉を遮るように、すぐ頭上からボトボトという爆音が被さった。

何だ。

見上げると。

大型のヘリが一機、管制塔の向こう側から姿を現した。UH60J汎用ヘリコプターだ。司令部前エプロンの空きスペースの上で、低く身を翻すように向きを変え、降着体勢になる。小松でよく目にする救難隊の塗装ではない、グレー一色に日の丸。

ぶわっ、と風圧が押し寄せる。

(……うっ)

あれは。

航空総隊のヘリ……?

風谷は眉をひそめる。

横田基地に所属する機体か。

（ずいぶん慌ただしい降り方——何を急いで、東京からここへ来たんだ……？）

「諸君。これから話す内容は」

日比野克明の声が響く。

緊張した声音に、風谷は我に返った。

しかし
（諸君——って）そう言ったって……。

あらためて見回しても。ブリーフィング用の席に座っているのは小松基地のパイロットが隊長を含めて五人、そして黒い飛行服のアメリカ人パイロットが二人だけ。

エリス中尉は日本語が出来るらしい。なぜか、男みたいな口ぶりで話す。

もう一人の若いパイロットはどうなのだろう？　俺たちとは、この機内ブリーフィングルームで初めて顔を合わせた。さっきは「ただちに着席して話を聞け」と指示されたので自己紹介もまだだ……。

「いいか」

日比野の声が続く。

「これから話すことは、日米間の機密に属することだ。口外してはならない。デブリーフィングの場に、この輸送機の機内を使用するのも機密保持のためだ」

3

小松基地　司令部棟二階
会議室

「真田三佐、ここでしたか」

月刀慧は独りで階段を上がり、司令部棟の二階へ来た。

演習が終わり、急に手持ちぶさたになった——いや、飛行班長としての雑用ならばいくらでもあるのだが『デブリーフィングは最小限の関係者だけで行う』と宣告され、自分は締め出しを食ってしまった（確かにDACTに参加した四名は、月刀の飛行班の班員ではない）。

火浦暁一郎は、演習が終了するなり日比野防衛部長から何か耳打ちされ「月刀すまん」とだけ断ると、行ってしまった。地上の米軍輸送機の中でデブリをするという。

何か、機密が絡むことか……？

自衛隊の組織に所属する以上『お前は締め出しだ』と言われたら仕方ない。役職により機密にタッチ出来る者は限られる。

しかし演習の振り返りの場で、どんな秘密の話がされる――？　訝《いぶか》りながら、要撃管制室から地上へ上がると、ちょうど司令部前のエプロンに一機のUH60Jが降着するところだった。それも飛行場のトラフィック・パターンに入らず、管制塔の真上を低く飛び越すようにやって来た。風圧をまき散らし、慌ただしい降り方だ。

何だろう、と見ていると。C17輸送機の向こう側に着地したヘリのスライディング・ドアが開き、空自の幕僚らしい制服に混じってダークスーツの人影も一つ、こぼれるように降りて来る。そのまま、大型輸送機の機首の陰に隠れて見えなくなった。

あいつ――？

月刀は目をしばたたいた。

遠目にちらと見えただけだが、分かる。人影は、よく知っている男だ――その場で飛行服の脚ポケットから薄型の携帯を取り出し、夏威総一郎《なついそういちろう》の番号を選んでタッチするが、当然だろうか、通話先は電源が切られた状態だ。

夏威のやつ、いま外務省にいるはずだが――

何か、日米間で秘密の会合でも持たれるのか。

どこかに、C17の様子が俯瞰出来る場所は……？

そのまま急ぎ足で司令部棟へ入り、取り敢えず階段を上がって二階へ出ると、外に面した窓を持つ会議室は使われていない。

しめた、と扉を開いた。

がらんとした空間へ入っていくと。

まず月刀の目に入ったのは、テーブルの一つに何台ものパソコンを広げ、独りで作業をしている真田治郎の姿だった。

「あ。邪魔でしたか?」

そういえば。この部屋は、新装備の説明などのため飛行開発実験団に貸されていた。

「——月刀三佐?」

真田は、奥まった細い眼を上げ、入室して来た月刀を認めると。

PCの画面に素早く視線をやり、一瞬思案する表情になるが「どうぞ」と言った。

「どうぞ。ドアは閉めておいて下さい」

月刀は「失礼」と断わり、会議室の窓際へ寄ると、ブラインドの隙間を指で広げて外を見た。

「————」

ちょうど正面に、C17輸送機が機首をこちらへ向け、駐機している。

しかし乗降用ハッチは閉じられ、すでに機体の周囲に人けは無い。アメリカ軍の警備要員が銃を持って展開しているのが眺められるだけだ。

Ｃ17の左横には二機のＦ22。そして第六航空団所属のＦ15が四機、並んでいる。二機のラプターは点検作業中のようだが、その周囲にも、銃を手にした警備要員が配置されている。

「――連中、信用してねぇな。こっちを」

月刀は腕組みをして唸る。

「ここは仮にも、ゲートとフェンスで囲った基地の中だぞ」

「表の警備ですか」

カチャカチャとキーボードを操作しながら、真田が言う。

「仕方ないですね。滑走路の向こう側は、民間の小松空港です。プロがこちら側へ忍び込もうと思えば容易だ。アメリカ国内には、こういう軍民共同で使う飛行場なんてありませんからね」

「ううむ」

「それだけではない」真田は画面から目は離さずに言う。「我々自衛隊の機密保持は、甘いと見られている。実際、ハニートラップに引っかかって外国工作員へ情報を渡してしまった幹部や隊員がいます。将校が金で中国へ情報を売る韓国軍に比べれば、増しだが」

「――中国、か」

月刀は息をつくと、さっきから手にしたままの携帯の画面を見た。

いくつかのネットのニュースが表示されている。『安全保障関連法案成立』『主権在民党が「強行採決」と非難』『市民団体が抗議』『戦争をさせる法律だ』『中国が南沙諸島に滑走路を完成か?』一瞥して、脚のポケットへ戻す。

「最初は、ラプターの機密が漏れないようにデブリを輸送機の中でやるのかと思ったが。慌ただしく降りて来たのが総隊司令部のヘリだ。平服の官僚まで乗っていた」

「何をしているのか、想像すべくもありませんね」

真田は手を動かしながら言う。

「アメリカ側からの急なDACTの申し入れ――確かに不自然は不自然です」

司令部前エプロン　C17輸送機
機内ブリーフィングルーム

「アット・ファースト（初めに）」

演壇に立つのはアメリカ軍の白人将校だ。三十代。制服に大尉の階級章。

日比野二佐が「ワイズ大尉から詳しい説明がある。聞いてくれ」と告げ、壇上の位置を代わったのだった。

「アイル・イクスプレイン・アバウト・ジ・イベント・フィッチ・イズ・ベリービギニング・オブ・ディス・オペレーション〈今回の〈作戦〉の発端となった事件から、ご説明します〉」明瞭な英語で、白人の大尉は言う。「オゥ、ソーリィ、アイム・キャプテン・ブルース・ワイズ。アシスタント・チーフ・インベスター・オブ・ファーストタクティカル・スコードロン・USエアフォース（あぁ、申し遅れた。私はアメリカ空軍第一戦闘航空団・情報分析主任補のブルース・ワイズ大尉）」

（――――）

何とか、理解出来るかな……。

風谷は、ブリーフィング席で耳に神経を集中させていた。航空自衛隊幹部として、英語教育は受けて来ている。ただ、ふだんは使う機会があまり無い。航空無線で使う英語は決まり文句ばかりだから、アメリカ人との通常の会話には慣れていない。

幸い、ブルース・ワイズ大尉ははっきりした発音でゆっくり目に話してくれる。風谷は何とか聞き取って、ついていくことが出来た。

「最初に、これをご覧いただく」

大尉は英語で続け、壁際のスタッフに手で合図した。

機内空間の前方に設置された大スクリーンに、カラーの画像が出る。

（――？）

やや粒子の粗い、静止画像だ。航空写真。

島……？

いや、環礁か。

青い海面の只中に、三日月のような形に浮かぶ環礁の写真だ。しかしその三日月の背の部分を貫くように、一本の直線状の構造物が造られつつある。

造成工事をしているのだろう、環礁の周囲には多くの作業船、土砂運搬船のような船影が散在している。直線状構造物の上には、ブルドーザーのほか多数の工作車両。

（……これは）

滑走路か……？

機内ブリーフィングルームの空間が、一瞬ざわめく。

周囲をよく見ると。あのダークスーツ姿のほかにも日本人がいる。空自の幕僚らしい、佐官クラスの制服の幹部数人が壁際に立ち、スクリーンを見ている。ざわっと驚きの呼吸をしたのは、その日本人幹部たちだ。

「ご存じの通り。これはファイアリー・クロス礁の最近の写真です」

ワイズ大尉は、機内空間を見回しながら続けた。

「南シナ海・スプラトリー諸島の西部に位置する岩礁であり、かつてはベトナムが領有していたものを一九八八年の武力衝突で中華人民共和国が奪取、現在まで実効支配を続けている」

「――――」

「――――」

風谷は、スクリーンに拡大された画像に見入った。

（……これは）

ひょっとして、今ニュースで話題にされている――

左横の席に座る鏡黒羽も、同様に青い海面の写真に見入っている。前の列では、漆沢美砂生と菅野一朗が顔を見合わせる。二人とも『でも、この写真と今日の演習と何の関係が……？』という表情だ。

そうだ。

風谷も思う。

第一戦闘航空団――アメリカ軍ではエリート部隊であり、F22が最初に配備された航空団であることは知っている（さっき自己紹介をしたエリス中尉もその所属搭乗員だ）。

その情報分析士官が、俺たちに南沙諸島の写真を見せる……？

造成されつつある滑走路の写真は、TVの情報番組やネットのニュースで何度か目にした。中国が南シナ海全域の領有権を主張し、多数の岩礁を埋め立てて『島』にして、軍事基地を置こうとしている。滑走路を設置した岩礁は『不沈空母』と呼ばれている――

もしも近い将来、中国が南シナ海全域を軍事的に制圧したら。

周辺諸国だけでなく、中東から日本へ原油など資源を運ぶシーレーンも、完全に押さえられてしまう。写真のファイアリー・クロス礁の『不沈空母』は、その中国軍事基地の中で最大の拠点だ。大型艦船の入港できる港湾まで整備されているらしい。

「実は、七日前の深夜」

ワイズ大尉が続けた。

「このファイアリー・クロス礁の造成中の滑走路を、ベトナム空軍が空爆しました」

ざわっ

何だって。


「?」

「!?」

思わず、風谷は横の黒羽と顔を見合わせる。

知ってたか?

いや、聞いてない。

黒羽は普段、あまり驚いたりする表情を見せない。でも切れ長の目を見開いている。

今度も、驚きの呼吸をしたのは風谷たち空自パイロットと、壁際に立つ日本人幕僚たちだけだ。アメリカ軍の関係者たちは、すでに周知のことなのか無言で演壇を見ている。

（――――）

右横の方の席が目に入る。

エリス中尉は、点滴の管を右腕に刺したまま、半ばのけぞる姿勢で聞いていたが。

その白い横顔が、辛そうに歪んだ。

「いや、皆さん。正確に言うと」ざわめく空間を見回し、大尉は続けた。「ベトナム軍は、空爆しようとしたのです」

司令部棟二階　会議室

「月刀三佐。ちょうどいい、これを見てください」

真田治郎は、自分のPCの画面を指した。

「先ほどのACMのデータです」

「格闘戦のデータ……？」

月刀は、動きのない窓の外を眺めるのをやめ、真田を振り向いた。

「さっきの、ラプターとの戦いですか」

「さよう。地下の演習評価システムから、ダウンロードさせてもらいました」

真田はうなずく。

「今回、ステルス機を探知する『実験』は不発に終わりましたが。代わりに非常に興味深いデータが取れた。充分、有意義でしたよ。三次元モデルにして解析しました。再現アニメーションが出来ましたから見てください」

真田治郎は、ついさっき上空で行われたF15とF22の格闘戦の模様を演習評価システムから自分のPCへダウンロードし、要点だけを抽出して三次元アニメーションに仕立てていた。

マウスを操作すると、画面上で立体モデルが動き出す。

ピッ
「ご覧下さい、まず菅野二尉のブルーディフェンサー・ツーとコンドル・ワンの闘い」

「――――」

月刀は、思わず見入る。

タイムカウントがスタートする。画面は、黒い中に機体を示す三角形のシンボルが四つ、浮かんでいるだけだ。しかしアニメーションがスタートすると、地下の要撃管制室のスクリーンとは違って、戦闘機同士が互いに絡み合って機動する様子が三次元の動きで表わされる。

「F15の一番機と二番機が、こうしてF22の編隊とヘッドオンで交差。コンドル・ワンに正面からぶつけられかけた風谷機は垂直上昇して離脱、F22の二番機――コンドル・ツーがそれを追う。コンドル・ワンはそのまま水平に左旋回」

「――」

三角形のシンボルが急旋回や上昇をすると、その軌跡が、色つきリボンのように空間の中を伸びる。

ピピッ
「菅野機は、右へ機首を振ってコンドル・ワンを追います。思わず食らいついた、という感じだ。明らかに誘われている」

「――」

月刀は、パソコンの画面の中に再現される菅野機とラプター一番機の水平巴戦の様相に見入った。リボンのように色違いの軌跡を曳き、二機は水平に回りながら互いの後尾に食いつこうとする。初めは互角に、いや菅野機の方が勢い良く、ラプターの後尾に食いつこうとするが。威勢が良かったのは最初だけで、ラプター一番機は同一円周上を回りながら、次第に対象の位置から菅野機の後尾を窺う位置へ、じりじり追いついて行く。

「互いに八Gの旋回です。旋回半径も同じ。しかしF15はマッハ〇・八、〇・七と速度がおちていくのに対し、F22は逆に加速している。マッハ〇・九、一・〇です」

「――うぅむ」

「劣勢になったからといって、旋回の輪を離脱したりすれば。その瞬間、相手機に真後ろに食らいつかれ容易にやられてしまう――この辺りのセオリーは、私から言うまでもありません」

「その通りです」

月刀はうなずく。

「一度、二機が水平巴戦に入ったら。旋回の輪の中で決着をつけなければ勝利は無い。だからきついんです、古来から」

「このままではやられる――菅野機はそう悟った。そこで起死回生の策に出た。ここです、ロ-Gヨーヨーの技。同一円周上を回りながら、無理やりラダーで機首を重力の方向へ向け、下向きに潜るように機動する。重力で加速した分、速くなって相手の後尾斜め下へ潜り込むのに成功した。ここで今度はラダーを逆に使い、機首を無理やり上側へ向ければ、ヘルメット・マウント・サイトの照準にラプターを捉えられる――一瞬だけですが」

「――――」

ピッ
「画面を止めます」

真田の操作で、アニメーションが静止する。〈BD2〉と表示のついた緑の三角形が、紅い〈CD1〉を斜め下から狙おうと尖端を上げかける。

「一瞬のことです。よく見ていて下さい、月刀三佐」

ピピッ
再び画面が動くと。

「……お!?」

月刀は、思わず目をこすった。

何だ……。

紅い三角形の立体シンボルが、フッと跳躍するように瞬間的に移動したのだ。

「ジャンプした……!?」

「どう動いたのか、私にも最初は分からなかった。スローにしてみます」

ピピッ
「………」

月刀は、息を呑む。

紅い三角形は、まるで見えない壁でも蹴るみたいに、菅野機の機首の先端の前方から跳んでいなくなった。フッ、と画面上を文字通り瞬間移動したのだ。

「菅野機からは敵が『消えた』ようにしか見えなかったでしょう。ラプターは旋回の輪の内側へカクッ、と軌道をねじ曲げ、瞬時に移動した。繰り返し再生します。ここです」

「…………」

「推力偏向ノズルを使い、急激に軌道をねじ曲げて文字通り空間を跳んでいる。問題は、この瞬間にかかった荷重です。計算して、出してみました」

カチャカチャッ

真田の指がキーボードを走ると、紅い三角形が跳躍する瞬間でストップモーションにした画面に、数字が現われた。三角形のすぐ横に表示される。

「……！」

何だ、この数字は。

「見てください」真田は画面を指す。「瞬間的とはいえ一〇・五Gです。月刀三佐、生身のパイロットは、このGに耐えられるものなんですか？」

「う」

嘘だろう、と言いかけて月刀は固まってしまう。

Ｆ15で、月刀自身がこれまで空戦訓練中にかけたことのある最大の荷重は九Ｇだ。それでも『死ぬか』と思ったものだ――

「月刀三佐。このパイロットは、この後の後半の闘いで、今度は風谷二尉の機に対して同様な推力偏向機動を実施している。あの、昔の零戦の〈ひねり込み〉のように見えた技です。軌道をねじ曲げ、数千フィートを瞬時に落下した。そこから引き起こして斜め宙返りをする風谷機の後尾へ食らいつく――正直、生身の人間がよくもった」

「――その」

月刀は、卓上のＰＣへ身を乗り出した。

「〈ひねり込み〉のところも、見せてもらえませんか」

Ｃ17輸送機　機内ブリーフィングルーム

「空爆しようとした、とは」

最前列に座る火浦暁一郎が、思わずという感じで手を上げ、質問した。

「どういうことです？」

そうだ。

風谷も同じ疑問を持った。

（何があったんだ……？）

席につく空自パイロットと、壁際に立つ空自の幕僚たちにも共通の疑問だろう、多数の視線が演壇のワイズ大尉に集中する。

ベトナムと中国が武力衝突をしたなら、普通は大ニュースになるはずだ――

「よろしい」

アメリカ軍の情報士官は、空間を見回してうなずいた。

「それにはまず、背景となる情況から説明しましょう。海図を」

スタッフの操作で、大スクリーンに広範囲の地図が出る。

南シナ海――

スクリーンに現われたのは、いくつかの陸地に囲われる大海だ。

北側を中国大陸の海岸線と海南島、西側はベトナムの海岸線、そして東側はフィリピンの島々。南側にはブルネイなどが位置するボルネオ島がある。この海は支那の南の海――南シナ海と呼ばれ、中東から日本へ資源を運ぶ大動脈（シーレーン）ともなっている。

「ここがスプラトリー諸島」大尉は指揮棒で画面を指す。「南シナ海の南西部、ベトナムの海岸線に近い位置にある」

「――――」

「――――」

「中国領土の海南島からは五〇〇マイル、キロメートルにして八〇〇キロ離れている。しかし中国はここを『自国の領土だ』と主張している。最大の島でも七〇〇メートル四方しかない小島の集団だが、七〇年代に海底資源の埋蔵が確認されて以来、中国がこの諸島を次々と武力で占領し実効支配しているのです。自国の領土だと主張する根拠は、明の時代に漢民族がこの辺りを航海して征服したからだ、という」

「?」

「……………」

風谷は、思わず横の黒羽と顔を見合わせる。

何だか、聞いたような話だ……。

「皆さん」

ワイズ大尉は続ける。

「中国は七〇年代から南シナ海の征服を目論《もくろ》んでおり、様々な機会をとらえて島や岩礁を占領し、実効支配して来ました。初めはベトナム戦争が終結し、七五年にアメリカ軍が撤退した隙を狙い、ベトナムが支配する島に上陸を強行し武力で占領。これは〈西沙諸島の戦い〉と呼ばれ、実際に戦闘をしています。八〇年代に入ってからは旧ソ連が経済的に弱体化し、ベトナムへの軍事援助が滞った隙をついて、また侵攻。八八年の〈スプラトリー諸島海戦〉でベトナムから南沙諸島を奪取します。九〇年代に入ってからは、当時フィリピンが実効支配していたミスチーフ礁をも、台風の接近でフィリピン軍警備隊が退避している隙をついて占領、海面構造物を造って軍隊を駐留させてしまった」

スクリーンには、現在までに中国が占領した小島や岩礁の画像が次々に投影される。

俺の見覚えのある写真もある――

風谷は感じた。

そうか。

中国は、七〇年代から半世紀近くをかけ、大陸周辺の海の征服を進めて来たのか。

「ベトナムと中国は国境を接しており」

ワイズ大尉は続けた。

「史上これまで幾度となく、武力衝突を繰り返しています。最大の衝突は七九年の中越戦争。これは中国が陸伝いに国境を越えて侵攻したが、ベトナムは多大な犠牲を払って撃退しています。ベトナムは陸戦には強いのです。当時、中越戦争については日本のマスコミでも大きく報じられたようだが、なぜか海上で行われた〈西沙諸島の戦い〉などの二度の軍事衝突は、あなた方の国のマスコミではほとんど報じられなかった」

「――」

「――」

「話を戻しましょう。ベトナム人は国民性として我慢強いが、あのベトナム戦争を戦い抜いたように、いったん覚悟を決めれば相手が強大であろうと頑強に抵抗する。東南アジアで唯一、ベトナムだけが拡大する中国に対して実力で抵抗しています。ご覧ください」

大尉が合図をすると、スクリーンが海図に戻った。

「七日前の未明。このベトナム東海岸に位置するダナン空軍基地から、ベトナム人民軍は攻撃隊を発進させた。最新鋭のスホーイ30戦闘機を六機、爆装させて発進させたのです。攻撃目標はファイアリー・クロス礁の中国軍滑走路と付帯施設。現地の作業員なども殲滅対象に入っていた。ベトナムは、ロシアから少数ながら最新鋭の装備を導入し、中国の侵略行為を撃退するため数年前から準備していたのです」

「――」

「――」

視線が集中する。

スクリーン上で、ベトナムの海岸線から洋上へ青い一本の線が伸びる。青い線はいったん東向きに洋上へ出ると、針路をカクッ、と曲げ、南向きに進む。

「我々アメリカ軍は」

大尉は反対側のフィリピンの海岸線を指す。

フィリピン・ルソン島の海岸からも、紅い線が洋上へ伸び、同様に南向きに曲がると、青い線を追いかける。

「すでにその動きの情報を摑んでおり、あらかじめフィリピン軍のスービック基地へ展開させていた第一戦闘航空団のF22四機を発進させました。この紅い線です」

その時
カタッ
物音がして、風谷は右横の方を見た。

（――？）

白に近い金髪の女子パイロット――エリス中尉が、点滴のスタンドを摑み、椅子の上に上半身を起こす。液体を入れた袋が揺れる。蒼い目がスクリーンを睨んでいる。その横顔が『ウッ』と苦痛に耐えるように歪む。

隣席の銀髪の少尉が『大丈夫ですか』と言うように手を差し伸べる。しかし金髪の女子パイロットは左手で払いのけ、『平気だ、触るな』という表情。

何だ、あいつ――

風谷は眉をひそめる。

何を睨んでいる……？

鋭い、切れ長の目の横顔――

風谷は、なぜか思わず、振り返って左横の黒羽を見た。

「――何だ」

黒羽は、スクリーンから目を離さずに訊き返す。

その横顔。

「わたしの顔に、何かついているか」

「あ、いや」

風谷は頭を振る。

何となく、似ている――

しかしそんなことを、口に出している時ではない。

「F22は、二機編隊が二つ」

壇上ではワイズ大尉が説明を続ける。

「この紅い線がそうです。二機ずつ前後に分かれ、密かにベトナム空軍の六機編隊を追尾しました。任務は、彼らのファイアリー・クロス礁空爆が成功するように見守ること――

つまり隠れて護衛することです。もしも北方の大陸沿岸から中国人民解放軍の戦闘機などが現れたら、それらの前に割り込むなどして妨害し、ベトナム編隊へ手を出させぬようにする。嘉手納からはE3A早期警戒管制機も長駆出動、監視任務に当たりました。元から当該空域は中国大陸からは遠く、人民解放軍の制空権は及んでいない。しかし念のために万全のバックアップ態勢を敷いたのです。しかし」

「――」

「――」

場内の視線が集中する。

アメリカ軍の関係者たちも、なぜか緊張した呼吸になる。

風谷は「何だろう」とワイズ大尉の手元に集中する。

スクリーンで、情報士官の指揮棒が指し示すところ――南沙諸島の北側の一点で、青い線は止まった。バツ印に変わる。

「しかしベトナム空軍の編隊は、ファイアリー・クロスに辿《たど》り着けませんでした。この位置で、正体不明の敵に襲われ全機撃墜されてしまったのです。そればかりか」

ガタタッ

その時。

不意にまた物音がした。

「ルテナン」

銀髪の少尉が、声を上げた。

驚いて見やると、エリス中尉が点滴のスタンドを握り締めたまま前のめりになり、椅子から転げおちるところだった。

（……!?）

がしゃんっ

4

小松基地　救難隊
オペレーションルーム

『――AIIB・アジアインフラ投資銀行の設立式が、北京で行われました』

喫茶コーナーのTVが、午後のニュースを映している。

救難隊専用エプロンを見渡せる、ガラス張りのオペレーションルーム。

外には白と黄に塗装されたシコルスキー／三菱UH60Jヘリコプターが一機、回転翼を止めて駐機している。四枚のローターを持つUH60は、アメリカでは黒く塗装した兵員輸送タイプの機体が〈ブラックホーク〉と呼ばれ、映画〈ブラックホーク・ダウン〉に登場している。日本ではライセンス生産された機体が、海自では対潜攻撃ヘリ（SH60J）、空自では救難機として使われている。

エプロンのUH60Jは、先ほどまで有守史男《ありもりふみお》が機長として搭乗し、コクピット・スタンバイに就いていた機体だ。結局、出動はかからなかったので離陸することはなく、搭乗員全員を降機させ休憩を許可した。

「――――」

午後に訓練を予定していた隊員たちはすでに出払ってしまい、室内空間はがらんとしている。有守史男二佐は一人、喫茶コーナーのテーブルで遅い昼食をとった。

『AIIBに参加を表明していた五七か国のうち、五〇か国の代表が集まり、設立協定に署名しました』

『金田さん、AIIBには世界の多くの国々が参加していますが、日本とアメリカは参加を見送っていますね』

『はい、そうです』

「………」

有守は、アルミホイルにくるまれた握り飯を口に運びながら、NHKニュースを眺めていた。

画面のスタジオでは、アナウンサーと解説委員がかけ合いをしている。

その背後に、中国の赤い国旗をコラージュした画像。

『日本は、木谷《きたに》首相が「ＡＩＩＢはガバナンスと透明性が保証されていない」と発言し、参加を見送っています』

『それは、果たして正しい選択なのでしょうか』

『問題はそこです』

「隊長」

声がした。

「ここで昼飯ですか」

「……あぁ、鮫島《さめじま》一曹」

有守は、近づいてきたオレンジ色のドライスーツの隊員にうなずいた。

若い男は、メディックと呼ばれる救難員だ。

「どうも基地の食堂の飯は、俺のような糖尿病予備軍には高カロリーでな」

「そうですか」

　さっきまで、同じ機体で待機任務についていた。日に灼《や》けた二十代後半の救難員は、海面に跳び込むためのドライスーツのジッパーを開け、シャツを見せている（保温性が良過ぎるので暑いのだろう）。アンダーシャツの上からでも腹筋の段々が見える。

「結局、出動はなかったですね」

「ああ」

　有守は、ガラス越しに遠くの司令部前エプロンを見やった。

「演習は、無事に済んだようだ」


『日本は、すでにアメリカと共にＡＤＢ・アジア開発銀行を運営していますが』

　ＴＶからはニュースが流れ続けている。

　鮫島一曹が入って来るまで、有守のほかに誰もいなかった。がらんとした空間で、独りで玄米の握り飯をかじるのもわびしい感じがして、つけたのだった。

『ＡＤＢだけでは、これからアジアや世界中で加速度的に増大する途上国のインフラ投資の需要は、とても賄《まかな》い切れません。しかも、ＡＤＢでは融資の審査が厳しく、各国政府がインフラ整備の案件を出して融資を申し込んでも、お金がおりるまでに時間がかかっています』

『金田さん、そこで中国が新たに立ち上げるのがＡＩＩＢ・アジアインフラ投資銀行なのですね』

『その通りです』

経済の特集らしい――しかしあまり頭には入って来ない。

手の中の握り飯を、じっと見た。小ぶりで、ていねいに握られている。

「――――」

「雪見《ゆきみ》二尉は、ご一緒じゃないんですか？」

訊かれて、有守はハッ、と目を上げる。

「あ。いや」

有守はガラス張りの外の景色に、遠く見えている飛行隊の司令部棟を指した。

「あの子なら食堂へ行ったよ」

救難隊の格納庫とオペレーションルームは、小松基地の敷地内でも外れの方の、海に近い一画にある。第六航空団の司令部棟とは離れている。

救難隊はもともと航空支援集団（司令部は東京・府中）という組織に属しており、同じ基地の中にいても、第六航空団の指揮下にはない。出動する時には団司令や防衛部長から命令ではなく、要請を受ける形で出る。

基地の司令官が直属上司でないということは、昨年、副隊長から小松救難隊の隊長に昇格した有守にとっては気楽でよい。小所帯を、自分の流儀で切り盛りすればいい。上から文句を言われることはほとんどない。

冬山や、荒天の海上へ民間人の救助に向かう時は命がけだが、それを別にすれば、余計なストレスを抱えずに済む。

ここも、居心地がいいか——そう思い始めていたところだ。

ただ、問題がある。今年四十歳になった有守は独り暮らしの食生活が災いしてか、糖尿病の傾向が出ていた。半年に一度の航空身体検査で、医官から毎回『これ以上、血糖値が上がったら飛行配置から外します』と宣告され続けている。ぎりぎりで、踏ん張っている感じだ。

「君は、食堂へ行かないのか鮫島一曹?」

有守は逆に訊いた。

「待機の連中の分は、取っておいてくれるように頼んである」

「実は、自分は一日一食主義です」

鮫島一曹と呼ばれた救難員は、短く刈り込んだ頭を掻《か》いた。

「食べるのは晩飯だけなんです。慣れると、その方が体力ももつし、体調もいいです」

「そうか」

「隊長も、されてみてはどうですか」

「そうだなぁ……」

救難隊の本来の任務は、脱出した友軍戦闘機パイロットの救出だ。民間の求めに応じて出動する山岳や海上の救助活動は、いわば副業だ。

洋上のG空域で演習が行われる時は、必ずUH60Jが一機、ただちに出動出来る態勢を整えて待機する。飛行隊のパイロットが演習中に操縦不能となりベイルアウトしたら、すぐに離陸して拾いに行く。特に冬の場合などは海面が冷たいので一刻を争う。

待機の当番は交代で廻って来る。今日の昼は、有守が機長としてコクピットに乗り込み待機した。飛行服にヘルメットで二時間ばかりコクピットに座っていたが、幸い、出動の要請はかからなかった。

「アメリカ軍のラプターが来ているらしいな」

「そうらしいですね」

『金田さん、中国がAIIBを立ち上げた狙いは何なのでしょう』

『はい。中国は、アジアのインフラ開発をさらに加速して行こうとしています。世界各国から出資を募り、融資の申し込みに対しては審査をもっとスピーディーにして、インフラ開発をやりやすくしようとしているのです』

『アジアや世界経済全体の発展のためになることなのに、日本が参加しないのはどうしてなのでしょう』

『そこが問題です。お隣の韓国などはいち早く参加を表明し、すでに全体の五パーセントの出資を決めているのですが――』

有守はリモコンを取り上げると、ＴＶの画面を消した。

「さて、雑用を片づけるか」

隊長としての仕事は、山ほどある――ちょっと目を離すと、パソコンの中に業務連絡のメールが溜《た》まっている。

有守は、一つ残った玄米おにぎりをホイルにくるむと、立ち上がった。

まだ食べたかったのだが。なぜだろう、鮫島の前でそれを食べているのが気恥ずかしくなった。

隊長のデスクへ戻ると、パソコンを開いた。

「隊長。自分は、午後の待機前にトレーニングして来ます」

「あぁ、ご苦労さん」

有守はうなずいた。

あいつは、ここへ来て二年になるか――

救難員――ヘリの機体から山腹や海面へ降りて遭難者の救助に当たるメディックは、救難隊の主役だ。有守たちパイロットは、彼らを現場へ運んでやる役目に過ぎない。

彼らは体力勝負であり、暇さえあれば筋肉を鍛えている印象だが、鮫島一曹も例外ではない。気がつくと、どこででも腹筋運動をやっている。髪を短く刈り込み、若いのに口髭《くちひげ》を生やしている。特に鮫島は健康志向が強く、隊で宴会を開いても決して酒を口にしない。

山男でもあるらしい。一匹狼の傾向があり、仲間とも距離を置いたつき合いをしているようだが、有守は問題ないと思っている。日常から生命がけの任務についているのだ。自分自身のコンディションを保つのにマイペースになるのは、むしろ当然のことだ。

鮫島が表へ出て行くと、有守はまた一人でデスクに向かった。

昼食の休憩に出した搭乗員たちが戻り、再び一五〇〇《ヒトゴマルマル》時からの待機任務につくまでに、処理してしまわなければならないメールはいくつもある。

「――――」

キーボードを打ちながら、ふと横に置いたアルミホイルに目をやる。

一つ残った玄米おにぎりを取り出し、少しかじって、また指を動かした。

少しずつ、よく嚙んで食べてください。

頭の中に声が蘇る。

低い、ささやくような——

「隊長、よろしかったら、これ」

「何だ？」

「おにぎりです。玄米の」

「玄米？」

その声を思い出すと。不思議に、ホイルでくるんだ包みを差し出した時の、雪見桂子《けいこ》の飛行服のジッパーの合わせ目から漂う汗の匂いまで蘇った。

「お昼に、いかがですか。隊長、血糖値に気をつけていらっしゃるんでしょう」

「あ、あぁ、そうだが」

「わたし、作り過ぎてしまって」

待機を終え、ヘルメットを脱いだ副操縦士の雪見桂子は、肩まで届く長い髪だ。デスクへ戻った有守に、目立たぬようホイルの包みを差し出した。

ちょうど、昼飯は食べたいけれどカロリーがなぁ——そう思っていたところだった。

「食堂の白米は、よくないから。わたし独身幹部宿舎の部屋で、玄米を炊いて来るんですけれど、一人分には多過ぎて。よろしければ召し上がってください」

「そ、そうか。済まん」

「少しずつ、よく噛んで食べてください」

あの子は、ここへ来て何年かな……。

（…………）

キーボードの指が、止まってしまう。

「君は、どうするんだ」

「わたしは食堂へ行って、おかずだけ取って食べます」

雪見桂子は、きれいな布でくるんだ包みを下げて、微笑した。

小声で言った。

「同じおにぎり、ここで食べてたらおかしいでしょ」

「……あぁ、いかん」

有守は頭を振ると、握り飯を置き、メールの返事の続きに意識を集中させた。

小松基地　司令部棟

幹部食堂

（――しかしなぁ……）

月刀慧は、がらんとした幹部食堂のテーブルの一つで、定食の盆を前にしていた。

あれから、二階の会議室の窓の外に、動きは見えなかった。いつまでも真田治郎の作業を邪魔するわけにもいかない。腹も減って来た。

真田に礼を言って会議室を辞し、一階の幹部食堂へ降りた。

午前中は演習の始まる前から飛行班長としての雑用をこなし、演習中は地下の管制室で観戦をした。昼飯を食べる暇がなかった。

それでもあらかじめ厨房《ちゅうぼう》へ頼んでおくと、昼食時間が過ぎても自分の分を取っておいてもらえる。月刀は配膳係《はいぜんがかり》へ礼を言い、定食の載った盆を受け取った。

だが空腹のはずなのに、あまり箸は進まない。

「…………」

野性味のある彫りの深い顔を、曇らせる。

頭の中に繰り返し浮かぶのは、真田治郎のPCの画面の中で展開された『空戦』だ。

斜め宙返りの格闘戦。

F22は、宙返りの頂点で、F15の風谷のヘルメット・マウント・サイトに捉えられる直前、カクッと下向きに軌道を曲げるとほとんど瞬間的に真下へ移動した。あれでは、風谷には標的が『消えた』ようにしか見えなかったろう……。真下へ移動したラプターは、ぐいと機首を起こしてイーグルの後尾へ食らいつく。

その動きは、ベテランパイロットの誰かが口にした〈ひねり込み〉のようにも見える。さきの大東亜戦争で、帝国海軍の零戦が得意とした格闘戦の技だ。

「……日本の御家芸を」

ぼそっ、とつぶやいていた。

アメリカの最新鋭機にやられちまう、か……。

ただ、ラプターは推力偏向ノズルを使って無理やり軌道を曲げるから、プロペラのジャイロ効果と失速の動きを巧く組み合わせた零戦の〈ひねり込み〉とは別のものだ。真田の計算では、軌道を曲げる時と引き起こしの瞬間、やはり一〇G近い荷重がかかっている。

結局、鏡黒羽の〈分身の術〉が功を奏し、最終的には勝てたのだが……。

月刀三佐、これから求められるのは、意外にも『格闘戦能力』だと思いますよ。

頭に引っかかっていたのは、真田がおしまいにつけ加えた言葉だ。

ステルス戦闘機は、これからも技術の進歩とともに増えて行くだろう。しかしこれからの時代、本当に求められるのは格闘戦能力だ、と言う。

「どうしてです」

月刀は訊き返していた。

「あなたの技術研究本部も、F3戦闘機の研究開発を急いでいるじゃないですか」

「F3は造りますよ。時代の趨勢《すうせい》ですからね」

真田はパソコンの画面に、三次元立体モデルを呼び出して表示させた。

技本の研究機〈心神〉の機影だ。

「私はこいつに、世界最高の格闘性能も持たせてやりたい。そのための研究も鋭意、やっています。考えてご覧なさい月刀三佐。F22が優れたステルス機だとしても、姿を隠したまま中距離ミサイルで敵を殲滅出来るのは、本当に戦争になった場合だけです」

「――それは、そうです」

「しかしこれまで、アメリカと中国の間で起きた軍事的な衝突をご覧なさい。例外なく、すべて目視圏内――というか、すぐ近くに接近した状態で発生している。偵察機EP3と人民解放軍の戦闘機は実際に衝突しています。有名な〈海南島不時着事件〉だ」

「うむ」

月刀はうなずかざるを得ない。

「確かに、そうです」

〈海南島不時着事件〉は二〇〇一年、中国南部の洋上でアメリカ軍のEP3電子偵察機が領空に近づいたとして、人民解放軍の殲撃8戦闘機がスクランブル、領域外へ追い出そうとして空中衝突した出来事だ。殲撃8は墜落、EP3は海南島の人民解放軍基地へ不時着せざるを得ず、機体が解放されるまでにアメリカと中国の間で外交の応酬があった。

日本の自衛隊と中国人民解放軍の間で起きたトラブルも、たとえば中国艦が海自のヘリを射撃管制レーダーでロックオンしたり、中国側のヘリが海自の護衛艦にぶつけるくらい接近したりと、互いに近距離の状態で起きた事象が多い。

「よろしいか。平時における軍事的な衝突は、互いの領空を侵犯したり、演習を覗き見して電子情報を収集したりしているさなかに起きる。つまりお互いの姿が見える状態で威嚇し合う。また警告を与える場合でも、相手の前に自分の姿を現わさないと意味が無い。領空侵犯機を撃墜する場合でも、アメリカでさえ、侵犯機を目視で確認するまでは攻撃しません」

真田は続けた。

「つまり、相手から見えない状態でアウト・オブ・レンジから殲滅するという能力は、本当に戦争になるまでは使う機会が無い。戦争になる前の国家間の衝突は、むしろ相手国の軍用機と直接ぶつかるくらいの近距離で、互いを威嚇することで始まる。そういう時に求められるのは格闘戦能力だ。平時において力を発揮するのは、実は格闘戦に強い制空戦闘機なのです」

「――――」

月刀は、黙ってしまう。

言われてみると、その通りなのだが……。

本来、真田の言う内容は、歓迎すべきことだ。

飛行隊では日頃から『機眼《きがん》を養う』ために格闘戦は大事と教え、月刀自身も後輩たちをそう指導してきた。

もしも世界中の空軍が集まって格闘戦の技量を競う競技会でもあれば、第六航空団所属のＦ15飛行隊はかなりの線まで行けるだろう。そう確信している。

しかし、世界一にはなれないかも知れない……。

強いと言ってもイーグルは在来機種だ。初飛行は一九七〇年代。

操縦系統は、簡単なコンピュータを介しているが、基本的にはパイロットの操縦桿の動きをケーブルで伝えて油圧系統が各舵面を動かす。フライバイワイヤや推力偏向ノズルを装備した新型機が続々登場している現在、それらの行う一種不可解な動きを押さえ込んで、勝てるかどうか未知数だ。

例えば『上方へ移動したい』と思った時、Ｆ15はパイロットが操縦桿を引き、水平尾翼を下向きに動かすことで機首を上げ、上昇する。ところがフライバイワイヤ装備のＦ２は、パイロットがサイドスティックに上向きのプレッシャーをかけると、水平尾翼と空戦フラップが同時に下を向いて機体を瞬時に上方へ押し上げる。すべての舵面がコンピュータ制御で、必要に応じて一斉に動くのだ。

ロシアのスホーイ27などは、コブラ機動と呼ばれる特殊な技を使うし……。Ｆ22の推力偏向ノズルの威力は、たった今見せられた（搭乗者がもつかどうかは別として）。これまでジェット機では不可能と言われていた、零戦の〈ひねり込み〉……。

その時

「月刀、ここか」

盆を前にして腕組みをしていると、ふいに背中から声をかけられた。

「――!?」

軽く驚いた。

しかし声の主は、振り向かなくても分かる。

こいつ……。

月刀は訝った。いつの間に、表の輸送機から出て来たのか……?

「夏威か」

「しばらくだな」

振り向くと、ダークスーツの長身の男がカツカツと足音を立て、歩み寄って来る。

テーブルのさしむかいに立つ。

「探したぞ月刀。何だ、今頃昼飯か」

「忙しくてな」

また、こいつか。

月刀は思った。

最近は、何か事件が起きる時になると、決まって会う気がする――

小松基地　司令部棟
医務室

「だから、ブリーフィングに出るなんて無理って」

担架の片側を持って、医務室へ入っていくと。

聴診器を首にかけた白衣姿の女医が椅子を鳴らして立ち上がり『言わんこっちゃない』という顔をした。運び込んだ風谷に、〈患者〉をベッドに寝かせるよう、手で促した。

「そこ、寝かせて風谷二尉」

「は、はい」

「さっき私があれほど『寝ていろ』って――」

山澄玲子《やまずみれいこ》は航空団の嘱託医だが、防衛医大の出身であり、予備自衛官として二等空尉の階級を持っている。

三十代半ば。背が高く、美人女医と言われるのだが語り口は男のようだ。

「脱がして、心音を聞くから。置いたら出る、出る」

「は、はい」

「イエス・マム」

気を失った金髪の女子パイロット——エリス中尉が診察ベッドに寝かされると。

運び込んだ風谷と銀髪の少尉を、玲子は「しっ、しっ」と手で追い払った。

シャッ
目の前で、白いカーテンが閉じられる。

「——」

「…………」

風谷は、思わず横の少尉と顔を見合わせる。

「ア、ソーリィ」

アメリカ軍の少尉は、初めて気づいたように風谷に半身を向けると、敬礼した。

英語で、自己紹介をした。

「はじめまして。第一戦闘航空団、ポール・フレール少尉です」

「風谷二尉だ」

簡単に答礼する。

何とか、頭の中から英語をひねり出して応えた。

「大変な一日だな、少尉」

「そうですね」

コンドル・ツー——F22の二番機に乗っていたパイロットは、風谷よりも少し年下の少尉だった。銀髪に蒼い目。白人だが、飛び抜けて背が高いわけではないので、見上げなくても話せる。

つい十分ほど前のこと。

エプロンに駐機しているC17の機内で、ガブリエル・エリス中尉が倒れた。

降機した直後のエプロンで倒れたのに続き、二度目だった。

機内ブリーフィングルームでは、第一戦闘航空団の情報将校ワイズ大尉がスクリーンに画像を出し、説明をしていた。七日前、ベトナム空軍の編隊が南シナ海のファイアリー・クロス礁を爆撃しようとした。でも出来なかった。それどころか何者かに襲われ『全滅』させられた——

そこまで話が進んだところで、エリス中尉はスクリーンへ身を乗り出そうとして、また眩暈に襲われたか。点滴のスタンドを摑んだまま「ウッ」と顔をしかめると前のめりに倒れた。「中尉！」と声を上げ、銀髪の少尉が摑んで支えようとするが遅い、金髪の女子パイロットは床へ転げおちた。

がしゃんっ、と派手な音がした。

風谷の視界にも、点滴のスタンドが倒れ、金髪のシルエットが床へ転がる様が映った。銀髪の少尉が慌てて立ち上がる。点滴のチューブが外れ、針のついたチューブの尖端が鮮血を飛ばして舞う。

あ、やばい――

そう思って腰を浮かせると同時に、風谷の椅子の背後を、何者かが走るようにすり抜けた。

黒羽だった。

「どけ」

鏡黒羽は、横向きに転がった黒い飛行服へ駆け寄ると、膝《ひざ》をついた。助け起こそうとする少尉を押し止《とど》め、点滴の吹っ飛んで外れたエリス中尉の右腕を摑んで上向きにした。

シュッ
黒羽は自分の飛行服の胸のジッパーを下げると、首に巻いていた白い布を引っ張って外し取った。

スカーフ……？

風谷が急いで近寄って見ると。黒羽が手にしているのは、白い絹のスカーフだ。猫のような眼の女子パイロットは、スカーフの端を歯で噛むと、縦に引きちぎった。布の裂ける小気味よい音がして、たちまち白い包帯のようになる。

黒羽は、エリス中尉の点滴の針が吹っ飛んで出血している右腕にスカーフを巻きつけると、縛った。

「何を見ている」

風谷と、銀髪の少尉を見上げて、睨んだ。

「突っ立ってないで、担架。早く」

「わ、分かった」

「イエス」

機内ブリーフィングルームの空間はざわめいた。

見回すと、視線が集中して来る。

銀髪の少尉と、情況を見たアメリカ軍のスタッフが、すぐに内壁のフレームにくくりつけられた救急用の担架を外しにかかる。

「どうした。大丈夫か」

火浦二佐が近寄って来た。

漆沢美砂生と菅野一朗も急ぎ足でやって来ると、皆で床に仰向けにされたエリス中尉を覗き込んだ。

白かった頰が、蒼い。

「貧血かしら」

美砂生が言う。

「悪い時期に、無理して飛んだのかしら」

「分からないけど。さっきも倒れたんです」

風谷は、降機したばかりのエプロンでのことを思い出す。

ガブリエル・エリスは、眼の力こそ強かったが。ラプターの機体を降りた時、消耗し切ったようにふらふらの状態だった。風谷と向き合って話している最中、急に眩暈を起こしたように倒れてしまった。

整備員に医務室へ運んでもらった。

担架は、今度は銀髪の少尉と、風谷で持ち運んだ。

少尉が「私が運びます」と英語で言い、輸送機のスタッフでは医務室の場所も不案内だろう。もう片方は風谷が持つことにした。火浦隊長にその旨を告げると、ワイズ大尉に交渉をして、デブリーフィングを一時中断させてくれた。

「やむを得ないでしょう」

ワイズ大尉は、壇上でうなずいた。

「彼女は、今回の〈作戦〉の中核です。いてくれなければ、話にならない」

「いったい、何Gかけたの」

シャッ、とカーテンが開くと。

黒い飛行服のジッパーを胸元まで下ろしたガブリエル・エリスが、仰向けにされているのが見えた。

山澄玲子は聴診器を外しながら、風谷とフレール少尉に詰問した。

「Gのかけ過ぎで物理的に身体を壊したパイロットは、何例か見てる。この子は、体重が軽いのと、おそらく鍛錬しているお陰でむち打ち症にはなっていないけど――もう少しで廃人になるところだった」

「――――」

「…………」

風谷は、フレール少尉とともに固まってしまう。

敵機が何Gかけていたか――？　と問われても、正確には分からない。

廃人……？

大げさだが、山澄玲子がいい加減なことを言うとは思えない。

フレール少尉は、目の前の女医が何をまくしたてているのか理解出来ない様子だ。

「あぁ、そっちの少尉さん、日本語は分からないのね」

玲子は、英語に切り替えると早口で同じ質問をした。

すると
「……！」

少尉は思わず、という感じで呼吸を止めた。

端正なその横顔が、目を見開き、こわばった。

5

小松基地　司令部棟
幹部食堂

「邪魔するぞ」

長身の男は薄く笑い、椅子を引くと、月刀のさしむかいの席に座った。

「――――」

月刀はテーブルで、腕組みをしたまま男を見る。

こいつ――

目の前の男の風貌。

（――外務官僚が、さっきはなぜ総隊司令部のヘリに……？）

ダークスーツ。

短く刈り込んだ髪、縁なしの眼鏡。背丈は月刀と並ぶ。野性味はなく、対照的に怜悧《れいり》な印象だ。

「どうした月刀。難しい顔だな」

夏威総一郎は唇の端をキュッ、と歪めるような、いつもの笑い方をした。

「お前らしくない」

「ちょっとな」

この男とは、つき合いが古い……。高校時代の同級生だ。高知市内の県立高校の剣道部でも一緒だった。

進む道は違っていた。

高校を出てすぐに航空学生として入隊し、空自パイロットとなった月刀と、東大法学部へ進んで防衛省のキャリア官僚となった夏威。

しばらく疎遠だったが、月刀がまだ二尉で那覇の飛行隊に所属していた頃、偶然に再会をした。

「外務省へ出向しているんだろ。こんなところに、何の用だ。夏威」

先ほど、この男がヘリから降りるところを見かけ、電話してみた。

たぶん、着信履歴に俺の番号が残っていて、顔を見に来たのか――


「ちょっとな」

夏威総一郎は、また特徴的な笑い方をする。

再会してからは、何か事件が起きる度、互いに力を貸し合うようになった。というか、そうせざるを得なくなった。

最近では尖閣諸島近海で起きた〈ふゆしま〉事件だ。海洋調査船の船上で窮地に陥った夏威から連絡を受け、月刀が動いて助けた。

「実はな月刀。俺は今、内閣府にいる」

「――内閣府？」

「そうだ」怜悧な印象の男はうなずく。「あの〈ふゆしま〉事件以降も、外務省内部では依然としてチャイナ・スクールの勢力が強い。俺は官邸の意向で異動させられた」

「官邸……？」

月刀は、かつて剣道部でチームメイトであった男を見返した。

実は、こいつとさしむかいで話す時——俺は心の中に一か所、蓋《ふた》をしてからでないと話せない……。

（…………）

一時期疎遠だったのは、進んだコースが違ったという理由だけではない。

『事情』がある。でも、昼間にしらふの状態で口に出来る話題でもない。

中央省庁のキャリア官僚は、多くが互いにほかの省庁へ人事交流で異動する——夏威が防衛省から外務省へ出向した際、そのように聞かされた。

今度は内閣府か。

こいつ、でも内閣府って、どんなことをやるんだ——？

おまけに、さっきは総隊司令部のヘリに制服の幕僚たちと共に乗って飛来した。

「どんな仕事なんだ」

「月刀。『日本版ＮＳＣ』というのを、聞いたことがあるだろう」

夏威は椅子で脚を組んだ。

「昨年、木谷首相の肝いりで設置された」

「……ああ」

月刀は生返事をする。

日本版ＮＳＣ……？

確かに、安全保障に関する組織や法制度は、今の政権に変わってから、わずかずつ前に進んではいる――

最近、新しい法律も国会を通った。安全保障関連法案だ。日本を防衛する任務につくアメリカ軍の艦艇や航空機がもしも他国から攻撃された時、従来は知らぬふりをしなければいけなかったのが、そのアメリカ軍の艦艇や航空機を（条件付きで）助けてやれるくらいにはなった。

しかし『他国に日本国民が拉致されても、日本以外の国は全部「平和を愛する諸国民」なのだから日本より正しい、拉致された人々を実力で取り返しに行ってはならない』という、とんでもない法律が依然として目の前にそびえている。

国民の生命よりも憲法の方が上だ――そう声高に主張する人々も存在する。

「『日本版ＮＳＣ』は」

夏威は続けた。

「アメリカのナショナル・セキュリティー・カウンシルに相当する組織だ。日本にも国家安全保障局が出来たのだ。俺は今、そこにいる。政策企画班長だ」

「政策企画――」

「そうだ」夏威総一郎はうなずいた。「防衛省からの出向官僚として、主に周辺事態に対する対策案を企画する。定例の内閣安全保障会議にも出る」

「――――」

「それで」

月刀は食堂の窓の外を見た。

ここからでも、司令部前のエプロンは望める。頭上から被さるように、巨大なＣ17輸送機の主翼の端が見えている。周囲に警備要員が立っているのは、さっき会議室から見下ろした時と同じだ。

「あそこでの秘密の会合は、済んだのか？」

アメリカ空軍と空自の合同演習の後、デブリーフィング――評価判定のためのミーティングが非公開となり、その席に横田の航空総隊司令部から幕僚数人と、官僚の夏威総一郎が慌ただしくやって来て参加する。

秘密の会合、と言っていいだろう。

いったい、何が話されている――

「いや」

夏威は頭を振る。

「ちょっとな。デブリーフィングは都合で一時中断となった。小一時間、休憩だ」

「?」

「ちょうどいいから、お前の顔でも見ようと思ってな」

「ところで月刀」

夏威は脚を組んだ姿勢から、テーブルでさしむかいの月刀を見た。

「秘密は、守れるな」

「——?」

「俺は」

夏威は鋭い目で、声を低めた。

「お前のことも、今回の〈作戦〉のスタッフとして推薦するつもりだ」

「——どういう」

「いいか。聞け」

「————」

「アメリカ軍は今回の〈作戦〉に、〈奴〉と直接渡り合った経験を持つパイロットを欲しがった。風谷修二尉、鏡黒羽二尉、そして漆沢美砂生一尉。菅野一朗二尉はダミーとして混ぜた。表向きは『戦技競技会優勝チームと訓練で対戦したい』という名目にした。〈作戦〉を準備していることを、悟られないためだ」

「……？」

司令部棟　医務室

「――彼女は」

ポール・フレールと名乗った銀髪の少尉は、唇を噛んだ。

「ここ数日、無理を重ねていた」

「？」

「――？」

風谷と、山澄玲子は銀髪の青年を見る。

F22に乗っているのだから、彼はアメリカ空軍ではエリートのはずだ。しかしよく見ると、その風貌はIT企業を創業する秀才のようなタイプに見える。

殺気は感じないな……。

風谷は、実戦を経験したことがある。

数々のテロ事件に空中で遭遇した。

線が細い、と言われながら、F15で生と死の境を何度か飛び、そのたびに生還した。正体不明の敵と渡り合い、一度は撃墜され、からくも脱出した経験もある。目の前の銀髪の少尉の面差しに、ふと『何年か前の俺を見るようだ』と思った。何年か前、というのは。日本海で真後ろから撃たれ、脱出《ベイルアウト》せざるを得なくなった時の俺だ――

（フレール少尉、か）

アメリカ空軍でF22に乗っているということは、おそらくその前にF15にも乗ったはずだ。ラプターは、予定よりもかなり少ない機数で生産を打ち切られたらしい（あまりに高価なためだ）。彼は、ラプターには大勢の中から選抜されて乗るようになったのだろう。でもそれにしては、抜きん出た腕の持ち主には見えない……。

「あんなひどい目に遭ったのです。無理もないが……」

少尉は頭を振る。

半ば、独り言のようだ。

「……あんなものを目の前で」

「済まない少尉。英語、あまり得意ではないんだが」

風谷は訊いた。

少尉の言う「サッチ・ア・テリブル・シチュエーション」というのが、何のことなのか分からない。

「ひどい目とは、どういうことなんだ？」

「――オゥ」

フレール少尉は、我に返ったように周囲を見回した。

横に山澄玲子、後ろに鏡黒羽がいる。

「済みません。ここでは話せない」


「フレール少尉」

山澄玲子が、白衣の腕を組んだ。

「いいこと？　そこのエリス中尉は」

玲子は、ベッドの白いカーテンを顎で指す。

カーテンは半ば開いている。プラチナブロンドの女子パイロットは仰向けにされ、目を閉じたままだ。

黒い飛行服のジッパーが、胸の半ばまで下ろされている。心音を聴いたのだろう。

「彼女は、例えて言えばF1レースのドライバーが何度もスピンしてクラッシュして、それでも無理してGをかけまくって運転して完走した――そういう身体の状態なの。今日一日だけで、こうなったと思えない」

「──────」

「彼女を助けるためには、私は医師として、彼女がどうしてこうなったのか、知る必要がある」

「そうだフレール少尉」

風谷も問うた。

「さっき〈作戦〉、とワイズ大尉は言ったな」

「…………」

「君たち二機は、ここへ訓練のために来たのではなかったのか」

幹部食堂

「──〈作戦〉？」

月刀は視線を上げた。

「どういうことだ」

するとすると

「…………」

夏威総一郎は鋭い視線で、周囲の空間を見た。

その目が止まり『人目があるから話せん』という表情になる。

月刀も振り向いて見る。

昼食の時間はとうに過ぎ、がらんとした食堂だ。

人けはない。しかし離れた席に、飛行服姿の女子パイロットが一人いた。月刀と同様、厨房に取り置きを頼んでいたのか、昼定食の盆をテーブルに置いている。ただ白飯の丼は脇にどけ、自分で持参したのだろう、小さな握り飯を口に運んでいる。

髪が長い——うちの飛行隊じゃないな……。

美人だな。誰だ?

(そうか)

思い出した。

「あれは、救難隊の副操縦士だ」

月刀は向き直ると、夏威に告げた。

「演習の間、待機していたんだ。いま昼飯なんだろう」

夏威は、奥のテーブルとの間隔を目で測ると、うなずいた。

「月刀」

声を低めた。

聞かれぬように、小さな声で話す。

「知っているか。中国では、すでに不動産バブルが崩壊している」

「……バブル？」

「そうだ」

夏威はうなずく。

「バブル崩壊が起きているんだ」

「……？」

〈作戦〉のことを教えろ。

そう頼んだのだ。

なぜ、中国経済の話になるのか……？

夏威の口にした、〈奴〉とは何だ。

気になるが
「いいから聞け」

夏威は続ける。

「これまで中国では『インフラ投資だ』と言って、巨大プロジェクトで人の住まないゴーストタウンばかりを造り続け、それらを高値で転がして共産党や人民解放軍の幹部たちが儲けて来た。ゴーストタウンのマンションが売れないと、さらに大きなプロジェクトを立ち上げて借金し、その金で損失を穴埋めする。それを繰り返して来たが、もう限界だ。

奴らが経済をこれ以上もたせるには、国の外にインフラ投資のプロジェクトをたくさん作り、それらを子飼いの中国企業にばんばん受注させて稼ぐしか方法は無い。そこで奴らはAIIBを立ち上げた。アジアインフラ投資銀行というやつだ。世界各国から出資を募り、主にアジアのインフラ投資に貸し出すという名目だが、あれは例えば『審査の甘いカードローン』みたいなものだ。環境を破壊したり、収益性が悪くて融資の回収が見込めないような案件にもどんどん貸すだろう。投資が回収出来なくても構わない、貸すのが目的なんだ。おまけに建設の受注を中国企業に独占させるため、理事会では中国にだけ拒否権がある。AIIBの本部は北京に置かれるが、出資する各国から選出される理事は『コスト削減のため』本部に常駐しない。実質、共産党がすべてを仕切る仕組みだ」

「それが、アメリカ軍の〈作戦〉とどう関係するんだ」

「まぁ聞け」

夏威の縁なし眼鏡に、窓の光が映り込む。

C17の翼端のシルエット。

月刀には、かつての同級生の目の表情が見えなくなった。

その時

――『月刀君』

ふいに、脳裏に声が蘇る。

何だ。

この声。

震えるような――

――『忙しいの。月刀君』

(う)

なぜだ。

どうして、こんな時に聞こえる……。

軽く、頭を振る。

畜生……。

若菜《わかな》の声を、思い出している時じゃない――

「どうした月刀?」

「――何でもない」

月刀はもう一度、頭を振る。

脳裏に浮かんだ記憶を、振り払う。

「続けてくれ」


「月刀。一方、南シナ海では中国が次々に岩礁を埋め立てて、軍事施設を建設しているのは知っているだろう」

「……あぁ」

「中国は、大陸沿岸から遠く離れた海域まで『自国の領海だ』と強硬に主張、水面下に隠れていた岩礁を次々に『島』に仕立てて軍事基地化している。このままでは早晩、南シナ海全域が中華人民共和国の軍事勢力圏にされてしまう。わが国へ資源を運ぶシーレーンも南シナ海を通っている。アジア全体にとって脅威だ。

脅威の中心は、ファイアリー・クロス礁だ。本来はベトナムが領有していた環礁を、一九八八年のスプラトリー諸島海戦で中国が武力でぶんどって実効支配している。ここに現在、三〇〇〇メートル級の滑走路と付帯施設、二つのヘリポート、十基の衛星アンテナとレーダー塔、大型艦船が入港出来る港湾施設まで造成して要塞化しつつある」

「アメリカは、どうして黙っているんだ」

「従来ならそうだが、駄目だ月刀。アメリカは今、民主党政権だ。分かるだろう、大統領が数年前に『世界中から核を廃絶する』と演説してノーベル平和賞を取ってしまった。そのせいでアメリカは今、世界中で強硬な軍事行動が出来なくなり、中東でも東欧でもアジアでも嘗《な》められまくっている。今回の南シナ海の中国の動きに対しても、偵察行動しかしていない。それも『ここは中国の軍事制限空域だ』と無線で脅かされると、P8哨戒機が尻尾を巻いて逃げ出す始末だ」

「………」

「中国は、今がチャンスだと考えている。少なくともアメリカが次の政権に替わるまでの間に、人工島をたくさん造って要塞化し、南シナ海全域を実効支配するつもりだ。しかしこれに対して、黙っていないのがベトナムだ」

「ベトナム？」

「そうだ」夏威はうなずく。「ベトナムはしたたかな国だ。アジアで唯一、中国と何度も武力衝突している。元は自国のものだったファイアリー・クロス礁を奪還するため、彼らは数年前から準備し、機会をうかがっていた」

「………」

「中国は今、経済の危機にある。世界各国に金を出してもらってＡＩＩＢを作らないと、共産党や人民解放軍の幹部たちが破産してしまう。追い討ちをかけるように、先日、上海の株式市場がついに暴落した。ＡＩＩＢに一度は参加を表明した各国も、出資をためらい始めた。すでに参加を表明した五七か国のうち、七か国が設立式に来なかった。ここでもし、南シナ海で戦争なんか起こせば、ＡＩＩＢはつぶれてしまう。ベトナムは『チャンス』だと判断した。中国はベトナムが環礁を空爆しようとしても、表立って叩き潰せない。やるなら今だ」

夏威は眼鏡を光らせた。

「ベトナムは一方ではＡＩＩＢに参加と出資を表明して、設立式に代表団を送りながら、同時にダナン空軍基地に新鋭のロシア製スホーイ30戦闘機六機を爆装させ、待機させた。そして七日前の深夜、ついに出撃させた。六機は、ファイアリー・クロス礁に建設中の中国軍事施設を完全に破壊するのが任務だった。だが」

「……だが？」

「破壊出来なかった——いや、六機は辿り着くことさえ出来なかった」

「それは、人民解放軍の航空部隊が、情報をキャッチして待ち構えていたのか？」

「そうじゃない」

夏威は頭を振る。

「確かに出撃の情報は、キャッチされていたらしい。しかし中国は表立って軍を動かせない。ＡＩＩＢがつぶれてしまう。株も暴落しているんだ、共産党幹部がみんな破産してしまう」

「では」

「中国は、テロリストを使った」

「？」

「やったのは〈奴〉だ」

「〈奴〉……？」

月刀は、眉をひそめた。

「〈奴〉とは何だ」

「謎のスホーイ27」

「……!?」

月刀は、目を見開く。

今、こいつ何と言った……!?

謎の――

「いいか月刀」

夏威は続ける。

「ベトナム軍の行動を監視していたアメリカ軍機によると、編隊を襲って来たのはたった一機のスホーイ27だった。所属は不明。六機の最新鋭の攻撃編隊が、たった一機の謎のフランカーによってたちまち全滅させられ、攻撃目標へ辿り着くことさえ出来なかった」

「……し」

月刀は言葉に詰まる。

「しかし、どうして、そいつが謎の——所属不明のスホーイだって分かる!?　中国軍ではないと」

「それは〈奴〉が、名乗ったからだ」

「……何」

「監視に当たっていたアメリカ編隊に対して、〈奴〉は名乗った。無線の声は日本語だったそうだ。こう言った。『我々は〈亜細亜のあけぼの〉だ』」

6

東京　お台場
大八洲ＴＶ　報道部

「チーフ、会見開始まで三分です」

進行担当ディレクターが告げると。

「よし」

八巻貴司《やまきたかし》は、壁を埋めつくす無数のモニター画面を前にしたチーフ・ディレクター席でうなずいた。

在京キー局の一つ、大八洲《おおやしま》ＴＶ本社四階の報道部フロア。

チーフ席にはすべての地上波局のオンエアが、ずらりとモニター画面に出されている。

今、民放ＴＶ各社はＣＭだ。デジタルの時刻表示は『13：58』。

「ふん」

三十四歳の八巻は、鼻を鳴らす。

「うちの〈ドラマティック・ハイヌーン〉のオンエア時間帯に、記者会見を開くとは。飛んで火に入る大統領だぜ」

間もなく午後二時。

大八洲TVの午後のニュース番組〈ドラマティック・ハイヌーン〉のオープニングが、秒読みに入る。

ガラス張りの副調整室からは、準備の進められるスタジオの様子が見渡せる。カメラ前の位置で、胸にマイクをつけているのは大八洲TV所属の男性アナウンサーだ。

報道部チーフ・ディレクター八巻貴司の率いる〈ドラマティック・ハイヌーン〉には、スター司会者はいない。

八巻本人も、三十代ながら報道部のメインプレイヤーだが、自身は制作に徹し、画面にはほとんど顔を出さない。〈ハイヌーン〉では、その代わりに世界中の現場へ飛び込み、真実をえぐり出して伝えて来る報道記者たちが主役だ。

司会進行も若手の局アナに任せ、有識者やコメンテーターも必要な時にしか呼ばない。

午後の時間帯に、こんな硬派の報道番組など流して、視聴率が取れるのかと言うと、取れる。

「――この時間帯に、TVを見ているのは家庭の主婦ばかりなんて言うのは、ふた昔前の常識さ」

八巻は副調整室の防音ガラスを通してスタジオを見やりながら、つぶやいた。

〈ドラマティック・ハイヌーン〉は、ＣＳ放送と、ユーチューブなどのネットも媒体にして同時放送される。あらゆる階層の人たちが、自宅の外でスマートフォンなども活用して視聴している、とデータが示している。

八巻は、他の地上波ＴＶ局では出入り禁止になった、自分の考えでものを言う学者やジャーナリストたちをコメンテーターに呼ぶこともある。そういう時は八巻が責任を持ち、彼らに好きにしゃべってもらう。先日まで国会を騒がせていた〈安全保障関連法案〉の審議中も、他の放送局がみな『日本が戦争をする国になる』『徴兵制になるぞ』と、なぜかほとんど同じ論調で反対するコメンテーターや政治家を出演させていたのに、八巻はあえて中立の報道に徹した。『戦争を起こさせないための抑止力になる』『中国の脅威に対抗出来る』『南シナ海で起きていることが尖閣諸島で起きないよう、歯止めになる』と、前向きの意見を言うジャーナリストも出演させたのだ。

一方、国会を取り巻いて『戦争法案反対』を叫ぶ〈市民団体〉の姿も取材させた。デモの参加者が主催者側発表で『三万人』のところを、実際にカメラで写して「どう数えても三〇〇人しかいません」とレポートさせたり（この報道の後で『のべ三万人』と主催者側は発表を訂正した）、〈市民団体〉が国会前に乗りつけた街宣車のナンバーが特定の野党と関係の深い労働組合の所有であることを突き止めてレポートさせたりした。

そのため、お台場の大八洲TVの周囲を〈市民団体〉のデモ隊が包囲して「偏向報道をするな」と叫ぶ騒ぎになった。しかしこの時も八巻が命じてデモ隊を取材させ、先頭で叫んでいる女性活動家が、複数のTV局のワイドショーで『街角の主婦』として街頭インタビューに度々出演し「戦争になるわ」「子供たちが徴兵されてしまうわ」と発言しているのを突き止めてしまった。

一方で、ほかのTV局の報道記者を助けたこともある。

数日前のことだ。アメリカのワシントンで、ある大手キー局の記者が、ベトナム戦争に従軍した韓国軍が当時『現地で女性を雇って将兵のための慰安所を運営していた』事実を突き止めた。

証拠となる文書が発見されたのだ。アメリカの公文書の中で、慰安所は『韓国軍のターキッシュ・バス』と呼ばれ、多くのベトナム人女性が働いていたという。しかしなぜか、その記者の所属するキー局は事実を報道せず、代わりに情報を持ち込まれた日本の週刊誌と、八巻の〈ドラマティック・ハイヌーン〉だけが報道したのである。

韓国軍が〈従軍慰安婦〉を使っていた……！

史上初の女性大統領が率いる韓国政府は、この報道を最初は黙殺しようとしたが、韓国にも政府の言うことを聞かないマスコミはあって、彼らが問題にした。

　そこで、今日の午後に青瓦台《せいがだい》で行われる大統領の定例記者会見で〈ターキッシュ・バス問題〉についてパク・キョンジュ大統領自身が質問に答えてコメントを出す、という運びになった。

　パク・キョンジュは四十六歳、入賞者が皆な同じ顔に見える、と一方では批判されるミス・コリアに選ばれたこともある『美人大統領』だ。

　今回、この会見場に八巻が突入させたのが、数ある敏腕記者の中でも懐刀としてもっとも信頼を置く『吠えるスピッツ』沢渡有里香《さわたりゆりか》である。

「八巻さん、やはり」

　進行担当ディレクターは、会見に出席を申し込んでいるマスコミ各社のリストをめくって言った。

「会見に記者を出している日本のマスコミは、うちと週刊春秋だけのようです。放送媒体は、うちしか出ていません。ＮＨＫも今回の会見はスルーしています」

「ふん、いいさ」

　八巻は腕組みをする。

　日本のマスコミには、なぜか韓国のイメージが悪くなる事実が発覚すると、それを無視していっさい報道しなくなる新聞やＴＶ局が多い。

それどころか、昨年起きた韓国旅客船沈没事故では、船長はじめ乗員らが乗客を見捨てて逃げた、と批判されると、中央新聞はすかさず「福島の原発事故でも職員が一時現場を放棄して逃げていたことがわかった」という記事を一面に出してぶつけ、まるで日本人の方がもっとひどいことをしていると世界にアピールするようであった（もちろん後で福島の一件は誤報と判明した）。

「報道しない自由とやらを、謳歌《おうか》するがいい。日本の視聴者は賢い。数字はがっちりうちで頂く」

「でも、またつまみ出されませんか」

進行担当ディレクターは、モニターの一つを見上げて言う。

すでに中継の画は来ている――韓国・ソウルからの映像回線だ。画面は韓国の国旗と、まだ誰も立っていない演壇。

「この間の北京でも、沢渡は質問をした端から蹴飛ばされて、会見場を追い出されたじゃないですか」

「例の『戦勝七〇周年』の会見か」

「はい。ものの十五秒で画が切れて。オンエアがもたなくて、スタジオで冷や汗をかかされました」

すると八巻は「ふふん」とまた鼻を鳴らす。

「それならそれで、面白いじゃないか」

韓国　ソウル
青瓦台　大統領官邸会見ルーム

「いいですか沢渡さん」

ざわざわとざわめく会見場。

バンダナを鉢巻のように頭に巻き、一メートルの脚立の上で撮影機材の調整を終えた道《みち》振《ふり》カメラマンが念を押した。

「質問は、冷静にやって下さいよ」

「あら、いつも冷静よ。わたしは」

沢渡有里香は、ジーンズにタンクトップという服装で脚立の道振を見上げた。小柄なので、同い年の長身のカメラマンが脚立に上がると、ほぼ自分の背丈の倍の高さだ。

「冷静でなかったことなんか、ないわ」

「だってこの間の北京」

「？」

「いきなり最初の質問で、警備員によってたかって会見場から放り出されたじゃないですか」

「あら。あれは」

有里香は造りの小さな顔を、プッと膨らませる。

「中国共産党が『抗日戦争勝利七〇周年記念』とか言うから。ただ訊いてやっただけよ。毛沢東率いる共産党軍は、具体的にいつ、どこで起きた何という戦闘でもって日本軍を倒したのですか。きっと勇猛に戦って、勝利した記録がたくさんあるんでしょう、わたしは聞いたことがないから、教えて下さい」

肩の上で切りそろえた髪。

女子大を出てしばらくの間、父親のコネで入社した大手商社で受付をしていた。上場企業の独身社員たちと合コンしたりしていた。それがあるきっかけから、親に敷いてもらったレールの上に居ることに疑問を持ち、飛び出したのだった。

有里香が選んだのは報道記者の道だ。本当は以前から、やってみたいと思っていた。でも今度はコネも何もなかったから、ＴＶ局と言っても地方ＵＨＦ局の契約スタッフからの出発だった。

しかし沢渡有里香の真価は、そこで発揮され、認められることになる。

「抗日戦争勝利って言うなら、あなたたち、勝ったんでしょ。どこでどう日本に勝ったのか、教えなさいよ」

「それが」

「何」

「あぁ、もう」

道振は、バンダナの額を押さえる。

「北京では、せっかく機材をセットしたのに、十五秒しか画が撮れなかった。今日はせめて、オンエアに困らない位は保たせて下さい」

「わかってるわよ、最初は軽く訊くわ。『見事なお顔ですね、どこの病院ですか?』」

「ちょっと――」

「冗談よ」

壇上に韓国政府の係官が上がり、マイクのテストを兼ねて「記者は着席するように」と告げた。

「始まるわ」

東京　大八洲ＴＶ

「始まるぞ」

中継の画を見て八巻がつぶやくのと、スタジオで番組のオンエアがスタートするのは同時だった。

ディレクターの合図に合わせ、司会の男性アナが、カメラに視線を向ける。

『二時になりました。真実はドラマよりドラマ、本日も真実をお届けします。〈ドラマティック・ハイヌーン〉司会の宮嶋一郎《みやしまいちろう》です』

オンエアをモニターする画面で、その顔が大写しになる。

『本日のパートナーは』

『高好依子《たかよしよりこ》です』

隣に立つのも、局所属の女子アナだ。

『さて、大変なことになりましたね宮嶋さん』

『その通りですね』司会の男性アナはうなずく。『これまで、いわゆる〈慰安婦〉問題でわが国を非難し、謝罪や賠償を要求し続けて来た韓国ですが。その韓国の軍が、ベトナム戦争のさなかにベトナム人の女性を雇って慰安所を設営し、将兵に対して特殊なサービスを行わせていたことがアメリカの公文書によって判明したのです』

「テロップ、行きます」

進行ディレクターが合図する。

オンエアの画面にテロップが重なる。『韓国大統領、ベトナム人慰安婦に謝罪か⁉』

「――」

八巻は、送られて来る青瓦台の会見場の映像をチェックする。

道振カメラマンの設置したカメラからの、固定位置の映像だ（これが国内の会見場なら、ほかに何台かカメラを据え、角度の違う画を撮れるのだが）。大統領が壇上に登場したらアップを使うなどして、緩急をつけるしかないだろう。その辺りは、道振に任せておけばいい。沢渡と道振は北陸のU局時代からのコンビだ。

外国の記者が来ているな……。

記者席の前方の列が、画面のフレームの下半分に入っている。欧米人と見られる一団は、CNNなど大手のメディアだろう。ほかに明らかに韓国人ではない、アジア系の記者たちもいる。

「おい、出席した社のリストを――」

『韓国政府は、初めはこの報道に対して無反応でしたが。韓国国内でまずハングリア新聞が記事にすると、ネットなどを通じて急速に「どうなっているのか」という国民世論が沸き起こりました。そのためパク・キョンジュ大統領は、本日午後の会見でこの韓国軍の〈ターキッシュ・バス問題〉について見解を述べることになりました』

『宮嶋さん。会見場には、沢渡記者が行っていますね』

『はい、早速呼んでみましょう――』

「画面、切り替えます。ソウル中継映像」

『――ソウルの沢渡さん、聞こえますか』

ソウル　青瓦台
大統領官邸会見ルーム

「はい、こちらソウルの沢渡です」

有里香はマイクを手に、カメラの前で手早く説明した。

右耳には音声モニター用のイヤフォン。

「わたしは今、会見ルームにいます。ここ青瓦台は、アメリカのホワイトハウスになぞらえてブルーハウスと呼ばれることもある、韓国大統領の官邸です」

道振がカメラを操作し、有里香の顔のアップから、次第に周囲の様子がフレームに映り込むようにする。

レンズが動くのを確認して、有里香は背後を指し示す。

「ご覧ください、今日の会見には、地元韓国のマスコミをはじめ、欧米のメディア、またベトナムからと見られる取材陣が訪れて大変に盛況です」

説明していると、背後で係官が英語で「報道陣は着席しなければならない」と繰り返した。

「間もなく、パク大統領が姿を現します。わたしも席に着きます」

お台場　大八洲ＴＶ

「来たぞ」

八巻は、会見場の中継画面を見て、思わずつぶやいた。

「来たぞというか、出たぞ」

同時に

ざわっ

モニター音声を通して、会見場の空気が動く。

カメラが右横へパンし、前方の入口をアップにする。

揺れるフレームに映り込んで来たのは、真っ青な衣装だ。社交ダンスでもするのか、と思えるようなひらひらのロングドレス。髪を塔のように高く結い上げている。

俺はファッションショーの舞台を見ているのか――？　八巻は一瞬、錯覚した。いや、この人物はいつもだいたいこんな感じだ。

姿勢のよい、背の高いシルエット。ショーモデルだ、と言われても通るだろう（実際、ファッションショーに出ていたこともあるらしい）。

カメラは、演壇に上がるシルエットを追う。

報道陣の撮影のフラッシュが瞬く。たちまち、白くぴかぴか光る画面になる。

「うぅむ」

八巻は唸った。

「濃いな、今日も」

「濃いですね」

進行ディレクターがうなずく。

画面の中央で、青いドレスの女性がこちらを向く。過去にミス・コリアに選ばれたことがあるという。その顔はフィギュアスケート選手のようだ。吊り上がったきつい目を、さらに化粧で強調している。

『韓国大統領、パク・キョンジュである』

会見を仕切る係官がマイクを通して声を張り上げた。

『テーハンミング、マンセー』

すると

ガタガタッ、と椅子を鳴らし、記者席の半分くらいを占める韓国人らしい記者たちの中から十数人が一斉に立ち上がると天井へ両手を挙げ、壇上の女性大統領へ向けて声を張り上げた。

『マンセー！』

『マンセー！』

「おい」

八巻は、素早く会見場の隅々に目を走らせた。

「韓国の報道陣、また大統領へ『万歳』をやる記者が減っていないか？」

「減っています」

進行ディレクターも画面をチェックしてうなずく。

「毎回、見る度に減っている。就任当時に比べると、ざっと『万歳』をやる記者は全体の半分くらいです。あとは、しらけたように座っている。支持率がおちているんです」

だが画面では、きつい吊り上がった目の女性は顎を軽く上げ、満足そうにうなずく。

鷹揚《おうよう》な表情は女優のようだ。

がたがたと椅子を鳴らして、記者たちが着席する。

『これより、会見を行う』

外国人が多いことを考慮してか、進行をする係官は英語で告げる。

『質問をしたい記者は、手を挙げなければならない』

「同時通訳、テロップ出します」

青瓦台　大統領官邸会見ルーム

「パク大統領」

沢渡有里香が、手を挙げようとしたその瞬間。

一瞬早く、前の列にいた記者が手を挙げた。

しまった、やられた……。

質問を目の前の大統領にぶつけたい――その熱意が、有里香より勝っている感じだ。

「――」

壇上の女性大統領は、一瞬、嫌そうな表情をした。

しかし最前列からCNNのクルーが振り向き、各社のカメラが手を挙げた記者に注目すると、嫌そうに唇をひきつらせながらうなずいた。

「ハングリア新聞」

係官が、質問者を呼んだ。

「質問を許可する」

「大統領」

有里香のすぐ前の列から、三十代と見られる長身の男が立ち上がった。

「ハングリア新聞のカン・シウォンです。お聞きしたい。大統領は就任当初から『慰安婦を強制連行した日本は千年許さない』と強硬な姿勢を貫いて来られましたが、実は我々の軍隊も従軍したベトナム戦争で慰安所をもうけ、慰安婦に特殊なサービスをさせていた。また我々の調査によると、わが韓国軍はベトナム戦においてて無抵抗のベトナムの民間人を三万人も虐殺し暴行したという証拠が挙がっている。これに対し、どう責任をとるつもりですかっ」

お台場　大八洲ＴＶ

「あれは誰だ」

「調べます」

八巻の問いに、進行ディレクターがタブレット端末を開く。

「ハングリア新聞の、カン・シウォン記者――出ました。三十二歳、韓国の良識派新聞のエースです」

「ハングリア新聞——韓国唯一の、まともなマスコミか」

「はい」

韓国には、朝鮮日報をはじめ三つの大新聞が市場を占有している。これに風穴をあけるように、近年創刊されたのがハングリア新聞だ。政府や財閥を公然と批判し、報道姿勢が他の大手紙とは際立って違う。

「今回、韓国国内で〈ターキッシュ・バス問題〉を唯一報道したのが彼らです」

『どうなんですかっ』

中継画面には、長身の記者の質問の声に、同時翻訳テロップが被さる。

『我々は、日本に対して「慰安婦問題で謝れ」なんて言えるのですか。賠償を要求する資格があるのですか。すでに日本軍による強制連行などなく、親が娘を人身売買業者に売ったという悲惨な事実ばかりが調査で判明している。これらはすべて、我々朝鮮人の中で起きたことだ。責めるなら、娘を売った親や、売春婦を斡旋《あっせん》する人身売買業者を責めるべきだ。なぜなら、韓国の貧しい家庭の女子が人身売買業者に身売りするという実態は、実に現在でも続いているからだ。現在でも八万人の同胞女性が海外に出て売春しているという、我が国の実態こそを直視して何とかするべきだっ』

『——』

パク・キョンジュは吊り上がった目で、記者を睨み下ろす。

中継のカメラの視野が、その表情を逃さずアップにする。

「いい顔だ」

八巻が拳を握る。

「いいぞ、睨め」

同時に、周囲の記者席から韓国語で『ひっこめ』『黙れ』という意味の罵声《ばせい》が飛んだ。

カメラがバックし、今度は騒然となる会見場を写す。

しかし
『見てください、この調査結果を』

カン・シウォン記者はひるむ素振りを見せず、スーツの懐から一摑みの紙を取り出すと
周囲にばさっ、と投げ散らした。

『これが事実だ。我が国の国家行政機関・女性家族部によると、海外で売春に従事する韓国人女性は八万人。釜山《プサン》警察庁国際犯罪調査隊の調べによると、そのうち二万人が日本で稼いでいる。それだけじゃない、中国の新華社通信が最近調べたところによると、二万人どころじゃない、日本で稼いでいる韓国人売春婦は五万人いる。ほかにオーストラリアに一万人』

『――――』

『なぜ海外へ売春の出稼ぎに行くのか。それは社会構造の問題だ。我が韓国では実に、財閥系企業がＧＤＰの八割を稼いでいる。ほとんどがスマートフォンの売上だ。こんな変な国はほかにない、一握りの財閥系企業の関係者だけがいい暮らしをして、大多数の国民は実は貧困にあえいでいる。若者の失業率は政府の公式発表などとは違って三〇パーセントを超えている。ソウル駅前には一万人のホームレスがテント村を作っている。一般家庭は生活に苦しみ、借金は増えるばかりだ。家の借金を返すためにやむなく娘が出稼ぎに行くのだ。話を聞けば「日本が一番安全に稼げるから日本へ行く」という。こんな悲惨な状態を大統領、あなたはどうして放置する!?　財閥系企業だって今やグローバル化して、株主は外国人ばかりだから、稼いだ金の大部分は外国へ持って行かれてしまう。この情況は、何かに似ていないか。そうだ、両班《ヤンバン》だけがいい暮らしをして、平民が奴隷のように働かされて困窮する、大昔の朝鮮半島にそっくりじゃないかっ』

『黙れ』

『黙れっ』

周囲の記者席から、朝鮮語の罵声が飛ぶが

『私は愛国心から言っているんだ』

カン・シウォン記者は、止めない。

中継カメラが会見場をパンする。最前列からＣＮＮの取材クルーが振り向いて注目し、後方からは取材陣のカメラが集中している。

韓国記者の中には、今にも跳びかかろうという姿勢で睨む者もいれば、しらけたように腕組みをして聞いている者。

『大統領、日本に「謝れ」なんて言っている場合なのか!?』

カン・シウォンは続ける。

『財閥系企業のスマートフォンがどんどん売れなくなって来ているのを知っているのか。中国メーカーが台頭して、もう値段では勝負がつかないんだ。追い討ちをかけて、日本の木谷首相の経済政策のせいで円安になり、日本製品に対しても価格競争力が無くなって来た。我が国の財閥系企業の作る製品は基本的に日本から部品を輸入し、アメリカのデザインを真似て組み立てているだけだから、価格競争力が無くなったらおしまいなんだ。他に何かを開発しようとしたって、基礎技術力が何も無い。昔から両班が「労働は下民のすることだ」と言って働くことをばかにし、技術者をばかにして来たから技術が育ってない。おまけにあなたが就任以来「慰安婦に謝れ」「千年謝れ」と言い続け、反日政策を取り続けたから国内から日本企業がどんどん撤退し、日本人観光客が来なくなった。ソウル市内では店がどんどんつぶれている。このままの状態が続いたら、どうなるんだ。国の破滅がもう目の前に迫っているんだぞ』

『――』

次の瞬間。
パク・キョンジュは尖った顎を上げると、壇上から記者を見下ろした。
『黙れ』

7

ソウル　青瓦台
大統領官邸会見ルーム

「黙れ愚か者」
パク・キョンジュは口を開いた。
その低い、かすれたような声音に会見ルームの空気が一瞬しん、となる。
（……!?）
沢渡有里香は、タンクトップのむき出しの二の腕に、鳥肌が立つのを覚えた。
何だ――
いったい何だろう。

この、気色悪さは。

初めてだ——韓国大統領を、間近に生で見るのは。

それはまるで小さい頃、親に連れられて見に行ったディズニー映画で魔法使いの老婆が口を開いた瞬間のようだった。

スクリーンを見上げて、あの時もぞくっ、とした……

目の前の壇上から見下ろして来る大統領は、もちろん老婆ではない。外見は韓国ドラマの美人女優のようだ。しかし——

(何なの、この声)

「よいか。皆のもの聞け」

しわがれた声で、パク・キョンジュは会見場の空間をねめ回し、言った。

「今のこの記者の発言は、悪意に満ちた捏造《ねつぞう》である」

しんとした空間に、声が響く。

異様な迫力を感じ取ったのは有里香だけではないらしい、各国の記者たちも含め、全員が息を呑むように壇上の美女に注目した。

(————)

有里香は、取材のため北京語と朝鮮語は勉強している。

たった今質問した記者の言葉も、なんとか聴き取ってついていくことが出来た。

でも何だろう、壇上の女性大統領から伝わって来る違和感は。

(そうか)

すぐ気づいた。

顔の造りが、あんなにきれいなのに。声だけが老婆のようで、それが異様なのだ。

「我が大韓民国は間もなく、アジア一の先進国となる」

会見場を見回し、パク・キョンジュは続けた。

「我が国の一人当たりGDPは、今年ついにスペインを抜き、間もなくイタリアを抜く。二年後には日本を抜くことが確実である。我が韓国は輝かしいアジア一の先進国となる。韓国製の携帯電話やTVは今や世界中に普及して人々に愛用され、韓国人は世界中で尊敬されている。間もなく宇宙ロケットも完成する。我が韓国には輝かしい未来しかない」

「テーハンミング、マンセー!」

すかさず進行役の係官が声を張り上げると
「マンセー」

「マンセー!」

がたがたっ、と椅子を鳴らして韓国人記者の半数くらいが立ち上がると、壇上の大統領へ向かって両手を挙げた。

だが
「いい加減にしろっ」

カン・シウォン記者が怒鳴った。

長身の記者は立ったまま右手を挙げ、壇上の美人大統領を指さした。

「いいか大統領、昨年一年間に韓国人女性が日本で性風俗業に不法就労して稼いだ金額を知っているか。あんたは本当は知っているはずだ、六六三九億円、実に我が国のＧＤＰの五パーセントに相当する。ＧＤＰの五パーセントを売春婦が稼いでいる国のどこが先進国なんだ。恥ずかしい嘘をつくのはいい加減にしろっ」

「――――！」

壇上からパク・キョンジュが睨み下ろした。

（うっ）

有里香は、また二の腕がぞくっ、とした。

見えない圧力――まるで魔女が若い騎士を見下ろして、睨みつけたかのようだった。

一瞬、小さい頃に見た古いディズニー映画が目に蘇って気圧されたが、有里香はハッと我に返る。

（いけない、わたしも質問しなくちゃ）

だが同時に
「大統領を侮辱したっ」
進行役の係官が怒鳴った。
「その記者を退場させよ」

えっ……!?

驚いて見回す暇もなく。

会見場の左右の壁際から、耳にイヤフォンを入れた黒い背広姿の男たちが群れをなして駆け集まると、たちまち長身の記者を挟み込んだ。

「カン・シウォンだな」

黒い背広の一人が、懐からバッジのついた手帳を取り出して示すと、宣告した。

警察……?

有里香のすぐ前の列だから、声がはっきり聞こえる。

「会見場の秩序を乱したかどで、退場してもらう。同時に大統領に対する名誉毀損の疑いで事情聴取する。来い」

しかし
「何を言うかっ」

カン・シウォン記者はひるまず、言い返す。

「社会の公器たるマスコミを、都合の悪い発言をされたからと追い出すのか!?　それが先進国のすることかっ」

「――――」

「それに名誉毀損というのは親告罪だ。あそこの大統領が自分から『名誉を損なわれた』と訴え出なければ成立しない。おい大統領」

長身の記者はまた大統領を指した。

「パク・キョンジュさんよ。あんたは、俺に本当のことを言われて『名誉を毀損された』と、この警察官に訴えるのか!?」

凄い。

（この人は――）

有里香は、自分自身も『吠えるスピッツ』の称号をもらうくらい、取材対象に噛み付く記者と自負している。

しかし一国の元首を直接指して「おい大統領」なんて――

「貴様っ」

ＳＰなのか、黒い背広の男はえらの張った顔で記者を怒鳴った。

「また大統領を侮辱したな」

「うるさい」

カン・シウォンは怒鳴り返す。

「ばかにされたくないなら、国民の幸せのためになる仕事を一つくらいやって見せろ」

怒鳴り返す横顔。

「口を開けば『慰安婦』『慰安婦』、世界中に民族の恥をさらして歩き、反日政策で国の経済をどん底へ叩きこんだ張本人が、俺たちに批判されるのは当たり前だっ」

不精髭《ぶしょうひげ》をはやしているが、高い鼻梁《びりょう》と、きりっとした濃い眉。

(……か、かっこいい)

有里香はなぜか、どきっとした。

だが
「──────」

壇上から女性大統領が無言のまま睨むと。

「今の発言は明らかに名誉毀損である」

黒い背広の警察官は、声を張り上げて宣告した。

「連行する。来い」

その声に、記者の背後から数人の黒背広が一斉に摑みかかる――

（……！）

その動作を目にして有里香は反射的に立ち上がっていた。

「待ってください！」

日本語の叫びに、警官たち、そして長身の記者が無精髭の顔で有里香を見る。

何だこいつ、という表情。

有里香は朝鮮語で「待って」と言い直した。

「待ってください、記者会見の席から、警察が記者を拘束して連行するなんて。それが『先進国』のすることなのですかっ」

「――！」

「――!?」

黒背広のSPたちが『何だこいつ』という表情で注目する。

会見ルームの空間の視線が自分に集まるのを意識しながら、立ち上がった有里香はSPのリーダー格のえらの張った顔に「いいですか」と告げた。

「周りを見てください、世界中のマスコミが注目しています。都合の悪いことを言った記者を警察が逮捕してつまみ出すようなことをすれば、あなたがた警察が、そちらの大統領の」

有里香は、並び立つSPとカン・シウォン記者の長身の隙間から、壇上の吊り上がった目の魔女——ではない女性大統領を指した。

そうか。警察に命じて記者をつまみ出させたりしたら、世界中に中継されてしまうから。だから大統領自身は『つまみ出せ』と言葉にして言わないんだ……。

代わりに、意を察した警察官が自分の判断として「名誉毀損だ」と決め付けたのか。

「大統領の面子《メンツ》をつぶすことになるわよ。いいの」

有里香は興奮して来て、朝鮮語での丁寧な言い回しなど出来ない。

「ぬう——！」

SPのリーダー格は睨みつけるが

「質問します！」

有里香は、その視線を撥《は》ねのけるように右手を挙げた。男たちの隙間から（一五八センチの有里香からはSPとカン・シウォンが邪魔になって前がよく見えない）、壇上の女性大統領を見た。

タンクトップの胸に付けたピンマイクは、有里香の音声を東京の大八洲TVへリアルタイムで届けているはずだ。

「日本の大八洲TV、沢渡有里香です。続けて大統領に質問」

「――――」

パク・キョンジュが無言で睨み下ろすと。

有里香の視界を遮るように立っていたＳＰたちが、左右に下がる。

そうよ、直接よく見えるようにして頂戴。

有里香は唇を嚙むと、壇上の美人大統領――年齢は外見からまったく分からない――を手を挙げたまま睨み返した。

最前列からＣＮＮのクルーが振り返って注目する。

パク・キョンジュは、有里香を見降ろしながら唇の端を歪めた。

「し、質問を許可する」

壇上の大統領の意を汲《く》み取ったかのように、進行役の係官がマイクに言った。

東京　お台場

大八洲ＴＶ報道部

「いいぞ」

中継モニターの画に、八巻は拳を握った。

ハングリア新聞のカン・シウォン記者が質問に立ち上がった瞬間から、現地の道振カメラマンは的確な画を送って来ている。

都合の悪いこと――つまり真実を大統領にぶつけた韓国人記者が警察につかまりそうになり、そこへ大八洲TVの沢渡記者が割り込んで止める。そして質問。

八巻の頭の中で瞬間視聴率計の数値が跳ね上がる。

いいや。数字もだが、俺たちの使命は『真実』を伝えることだ。

「いいぞ沢渡、行け。噛みつけっ」

青瓦台　大統領官邸会見ルーム

「大統領。日本のTV局の取材で、韓国軍がベトナム戦争に従軍していた頃、現地でベトナム人の女性を雇ってターキッシュ・バスと呼ばれる慰安所を運営していたこと、韓国軍将兵に対してベトナム人女性に特殊なサービスをやらせていた事実が明らかになりました。つまり韓国軍が従軍慰安婦を使っていたのです。この事実に対して、あなたは韓国大統領としてベトナムの人々に謝罪し、賠償する意志がお有りですかっ⁉」

事前に考えていた朝鮮語の質問を、一気にまくしたてると。

有里香は肩で息をしながら、間合い約七メートル、頭上に対峙する女性大統領を上目づかいに睨んだ。

さぁ、なんて答える……？

(これまで、さんざん「慰安婦に謝れ」「慰安婦に謝れ」と、世界中で言いまくって来たんだ)

自分たちの軍隊が従軍慰安婦を使っていたと、アメリカの公文書でばれてしまった。

さぁ、なんて言う⁉

「そうだ大統領」

カン・シウォンもSPの制止を払いのけるように、演壇へ向いて叫んだ。

「この問題を黙殺したりすれば、我が韓国こそ都合の悪い真実に目を背け、歴史を直視しない国家であることを国際社会に対し自ら証明することになるぞっ」

だが
「分からぬ」

パク・キョンジュは頭を振った。

「それのどこが問題なのか、分からぬ」

壇上の女性大統領は『いったい何を問題にされているのか分からない』という風情で、首を傾げて見せた。

「どう考えようと、何も問題は無い」

「──な」

何を言っている……!?

有里香は一瞬、絶句するが。

目の吊り上がった女性大統領を睨んで、言い返した。

「い、いいですか大統領。あなたたちの国の軍隊が慰安婦を使っていたんでしょう!? 将兵に対して特殊なサービスをさせていたんでしょう!? あなたはベトナム人慰安婦に謝らなければならないはずだわ。ベトナム女性の人権を踏みにじって申し訳ありませんでしたと、謝らなければならないはずだわ!」

「何をとんちんかんなことを言う」

だが女性大統領は『いったいなぜ自分が責められているのか分からない』と言うふうに首を傾げた。

「日本人の記者よ、何も問題は無い。そなたの話は、ただベトナム人の職業売春婦が、我が韓国軍の陣地へ商売に来ていただけだ。何の問題もない」

「な」

「よいか。韓国には二〇〇四年に〈性売買特別法〉が制定されるまで、売買春は違法ではなかった。当時の南ベトナムの法律がどうだったかは分からぬが、韓国軍陣地内は治外法権だから南ベトナムの法律も適用されぬ。したがって全く合法の商行為が行われていただけであって、これをことさらにあげつらって我が韓国軍の栄光に泥を塗ろうとするのは、歴史を歪曲《わいきょく》しようとする陰謀である。厳に慎まれなければならぬ」

東京　大八洲TV報道部

『百歩譲って』

中継画面では美人大統領が、顔に全く似合っていないしわがれた声音で話している。

カメラがその顔をアップにする。

『ベトナム売春婦たちが、人身売買業者に無理やり連れて来られたのだとしても、それは商売する側の内部事情であり、韓国軍とは一切何の関係もない。むしろ娘を売った親や、人身売買業者を責めるべきである。このような会見の場で「韓国がベトナムに謝れ」などと主張するのは、何の根拠も無い言いがかりであり、議論にも値しない』

「――な」

「何を言っているんだ」

八巻は、進行ディレクターと思わず顔を見合わせる。

『むしろ韓国軍は』アップになった女性大統領は続ける。『売春婦たちの衛生に気を配り、安全に商売が出来るようにしてやっていた。安全に稼がせてやっていた。韓国軍はよいことをした』

青瓦台　大統領官邸会見ルーム

「じ、じゃあ」

有里香はなぜか眩暈がした。

何を言っているんだ、このおばさん――

だが、これからが質問の一番大切なところだ。しっかり訊かなくては。

「では大統領。あなたはもう日本に対して『慰安婦に謝れ』なんて言わないですね!?」

しかし
「何を言うか」

パク・キョンジュはつり上がった目を剝き、有里香を睨み下ろした。

「日本はあと千年、我が韓国と朝鮮民族に対して謝らねばならぬ」

「だって」

「ばか者」パク・キョンジュは叱りつけるように続けた。「日本帝国主義はアジア女性二〇万人を国家制度として組織的に強制連行、拉致して日本軍の性奴隷とした。世界でも例を見ない残虐な犯罪を行なったのだ。お前たち日本人は、あと千年どころか、五千年は謝り続けなければならぬ！」

「ちょ——」

有里香は頭がくらっ、としたが、踏み止まるように大統領へ質問した。

「ちょっと待って。同じようなことをやっていて、どうして韓国軍は何も問題無くて、日本軍は千年も謝らなくてはならないのですかっ」

「何を言うか、当然である。お前たち日本は侵略戦争をした。韓国は、アメリカの要請で自由民主主義世界を防衛するためにベトナム戦へ出兵した。韓国軍人は正義の聖戦士である。栄誉ある聖戦士が、悪いことをするはずがない」

「テーハンミング、マンセー！」

東京　大八洲TV報道部

『マンセー』

『マンセー！』

中継画面では、立ち上がった十数人の韓国人記者たちが演壇へ両手を挙げる。

カメラの視野はバックして、最後列のカメラ席から記者席全体を映し込んでいる。

万歳をした記者たちは、着席しても盛んに拍手をする。
しかし、人数がそう多くはないので、ぱちぱちという音は会見場内にまばらに響く。
「おい」
あっけに取られて中継を見ていた八巻は、画面のフレームの手前を指した。
拍手の音が、空間に吸い取られるように消えると。
入れ替わりにギッ、と椅子を鳴らして立ち上がった人影がある。
後ろ姿は、カン・シウォンと同じくらい長身だ。背中しか見えないが——
「あれは誰だ」
『そこの者』
進行役係官がマイクで注意する。
『勝手に立つな。質問したい時は手を挙げ——』
『うるせぇ』

青瓦台　大統領官邸会見ルーム

「うるせぇんだよ」
独特の迫力ある声に、有里香は思わず振り向いた。

(……!?)

最後列から、のそりと立ち上がった人物。

グレーのジャケットを羽織った男。年齢は四十代か、ネクタイはしていない。不精髭に長髪。

その低い声は、不思議な迫力で周囲の人々を黙らせ、注目させた。

「悪かったな」

朝鮮語で男は言った。

(……誰だ?)

有里香はその風貌に目を見開いた。

この人――新聞記者には見えない。フリーのジャーナリストだろうか……?

「俺には、あんたたちの血が半分流れている。礼儀など知らず、荒くれの」

削げた頬。男は前髪の下から、鋭い目で場内をねめ回す。

しん、とまた静まる。

異様な迫力は、壇上の大統領とタメを張るか――? そう有里香は感じた。

この人は会見が始まった時から、後ろの方の席にいたのか。

誰だろう。

するとカン・シウォンが、振り向いて言った。

「団長」

「済まない、情けない会見になってしまった」

「ふん、いいさ」

四十代の男は長髪を手で梳《す》き、鋭い視線を演壇へ向けた。

「さっきから聞いていれば。何も問題は無い、正義の聖戦士――くく」

キキッ、と床を鳴らし、二名のSPが左右から近づくが。

男が横目で睨むと、二人ともものけぞるように足が止まる。

（……SPが、近づけない？）

有里香は息を呑んだ。

睨まれただけで、屈強の警官が近づくのをためらう。

この人は……

「ぐぐってる修羅場が違うんだよ、てめぇらとはよ」

男は、つぶやくように言うと、右手でジャケットの下の脇腹を押さえた。

「ここんとこが、さっきから痛くてたまらねぇぜ。くっ、おかしくてよ」

「――」

「――」

会見場の記者たち全員が、息を呑んで男に注目した。

その発散する〈気〉のようなものに、目を奪われたのだ。

「俺の父親だった奴は」

男は続けた。

「俺の母親のいた村の住人全員を一か所に集めて機関銃で撃ち殺した。老人も、女子供も容赦なく。胴体が半分にちぎれて吹っ飛んだ子もいたという。器量の良かった母親だけが髪の毛を掴んで引きずられ、納屋で――」

「ふん」

壇上でパク・キョンジュが鼻を鳴らした。

「お前、何奴《なにやつ》だ」

「俺か」

男は自分の両手のひらを、胸の高さに掲げて見せた。

「俺は、あんたたちがした戦争犯罪の結果そのものだ」

8

ソウル　青瓦台
大統領官邸会見ルーム

「何？」

壇上から大統領が訊き返す。

「お前、何奴」

「俺は」

四十代の男は、前髪の下から鋭い視線を返した。

「ベトナム共和国・国連使節団団長、グエン・ヴァン・チェットだ」

（……!?）

沢渡有里香は、壇上の大統領と、最後列の男を振り返って見比べる。

この視線のぶつかり合い――

何だ。

それに今、何と名乗った……？

「ふん」

女性大統領は顎を上げ、後列の男を見降ろす。

「そうか、ふん。お前が」

「────」

「大統領」

男の隣席から、もう一人が立つ。

こちらは三十代か。長髪ではないが、男と同様、ネクタイをしていない。ジャケットの下は開襟《かいきん》シャツだ。暑い地方から来たのか。

「使節団副団長、理事のチャン・バー・ミンです。我々が今回、そちらにおられるカン記者のハングリア新聞と、韓国国内の市民団体の招きがあって訪韓したことは、ご存じのことと思う」

「────」

「我々は正確な資料を持って来た。先程、カン記者が『三万人』と言われたが。正確には四万一千四百五十名だ。これはベトナム共和国政府が公式に認めた記録です。あなた方の韓国軍が、ベトナム戦争のさなかに、明らかに兵隊ではない非戦闘員の住民を虐殺した、その記録だ」

（……！）

何と言った。

虐殺……!?

有里香が息を呑むのと同時に、会見場の空気が固まった。

東京　お台場
大八洲ＴＶ報道部

「あれは誰だ」

八巻は中継画面のフレームの下側から姿を現した、二つの後ろ姿を指す。

カメラの据えられた撮影席の、すぐ前から立ち上がったので、二人の後頭部と背中しか映らない。

だが、壇上の大統領の睨みつける視線が鋭い。自分にとって物凄く都合の悪い〈敵〉が現れた——そう表情で語っている。

「ベトナムの使節団とか言ったたか」

「調べさせます」

進行担当ディレクターが立ち上がる。

青瓦台　大統領官邸会見ルーム

「そ、その者たちは記者ではない」

進行役の係官が、ハッと気づいたようにマイクに言った。

「誰が入場させた!?　退場させよ」


（また追い出すのか……!?）

有里香は壇上の女性大統領と、会場前方の係官、そして記者席後方に立ち上がった二人のベトナム人を交互に見た。

一度はひるんで足を止めたSP二名が、ノーネクタイの二人に左右から近づく。

しかしすぐに二人の両脇から、ベトナム人とおぼしき腕章をつけた記者たちが立ち上がると、SPの行く手を阻んだ。

「サイゴン解放新聞のホアンです」

その中で、腕章をつけた女性記者が前を向いて訴えた。顔写真付きの身分証明パスを首から下げている。

「この二人には、ベトナム記者団の一員として入場してもらいました。報道パスも取っています。名簿も事前に提出しているのに、追い出せと言うのはおかしいでしょう」

「――――」

「どうなのです、大統領」

ざわっ

記者席は騒然となる。

だが「何だ」「何が起きているんだ」と演壇と後方を見比べるのは外国の記者たちで、会場の半数を占める韓国人の記者たちは腕組みをして、無言で前を見ている。中にはしらけたように、身体を斜めにしている者もいる。

さらに数名のSPが駆け集まるが

「仮にも」

もう一人の男性記者が、壇上へ向かって言う。

「ベトナム共和国政府の公式な国連使節団の代表を、警察官を使ってつまみ出そうと言うのかっ。世界に報道されるぞ、いいのか」

その叫びに、また屈強の警官の動きが停まる。

何だ、この騒ぎ……。

有里香は、おかしいと感じた。

この混乱は変だ。

官邸の係官が「誰が入れた⁉」と驚いた。おかしい。

仮にも大統領官邸の会見ルームだ。

顔写真付きの入場パスを、有里香も首から下げている。この報道関係者向け入場パスを取らせるのに、身元の確認を厳しく行わないはずがない――

誰が入れた……？

（――そうか）

ハッとした。

さっきの光景……。大統領に向かって『万歳』をする韓国人記者がいる一方、しらけたように座ったままの韓国人記者も多かった。

初の女性大統領は、最近支持率が急落しているという。

口を開けば日本に対して「謝れ」「謝れ」としか言わず、日韓の首脳会談も就任以来、一度も行なっていない。それどころか彼女は世界中を回って「日本が大戦中に残虐なことをした」と触れて回り、その度に日本国民の韓国に対する感情は悪化している。韓国へ観光に行く人は減って、投資を引き揚げる企業も多いと聞く。

さらに追い打ちをかけ、主権在民党から政権を取り戻した自由資本党の木谷信一郎《しんいちろう》首相が断行した経済政策が功を奏し、今は円安だ。韓国の経済状態は急激に悪化している。元から内需が乏しく、経済の七割を輸出に頼っているのに、韓国製品は国際競争力を失い、売れなくなって来ているのだ。

このままでは、韓国は外国に借りている金を返せなくなる日が来るかもしれない。そのための備えとして、万一の時に日本と韓国の間で資金を融通し合う〈通貨スワップ協定〉が有効なのだが、前に結んだ協定も期限が過ぎて失効している。新たに協定を結ぶには、韓国の方から日本へ頼まなければならないのだが――

パク・キョンジュは、過去に韓国を飛躍的に発展させた大統領の娘だという。名門一族の出身というわけだが、すでに任期五年のうち最初の二年で経済が大きく傾き、支持率は急落している。「このままでは暗殺されかねない」と噂する者もいる。

ならば官邸のセキュリティーは厳しくするはずだ――

（これは）

有里香は周囲を見て、思った。

きっと、官邸スタッフの中に、パク大統領をよく思わず、恥をかかせるか政治的に窮地に陥れてやろうと企む者がいたんだ……。

パク大統領は、自分の側近にすら〈敵〉がいるのだろうか。

この混乱を見ると、そうとしか――


「聞いてくれ」

記者席を見渡して、チャン・バー・ミンと名乗った三十代の男が続ける。

「大統領。韓国の皆さん。我々ベトナム人は戦争に勝った。そして、未来志向を貫いて、これまであなた方の国と民族を非難することは控えて来た。しかし、最近あなた方が世界中で行なっている所業を見るにつけ、ベトナム人として、あなた方に自分たちのしたことを理解してもらわなければならない、と考えるようになった」

記者席がしん、と静まる。

視線が集中するのを確認して、チャン・バー・ミンはうなずいた。

「我々はこれから、ベトナム戦争における韓国軍による住民虐殺について、世界中の人々に知らせていく」


（…………）

ベトナム戦争での、韓国軍による住民虐殺……？

有里香は、中国や韓国を取材するようになって、最近ようやく「そういうことがあったらしい」と耳にするようになった。

でも、アメリカが当時の北ベトナム（ベトナム民主共和国）と戦ったベトナム戦争に、韓国軍が出兵していたことさえ最近まで知らなかったのだ。有里香が学んだ教科書には、そんなことは全く書かれていなかった。

非戦闘員の住民を四万人殺した……？　本当なのか。

だが
「ふん」

パク・キョンジュは鼻を鳴らした。

「お前たちは、そんな大嘘を吹聴して何がしたい」

お台場　大八洲TV報道部

「チーフ、ありました」

進行ディレクターが、報道部の外信スタッフを伴って駆け戻ってきた。

「すみません、ベトナム政府の公式ホームページのプレス・リリースに、国連使節団のことが載っています。今回、アメリカ大統領が彼らを国連へ招きました。二日後の総会で、代表者が演説することになっています」

「何」

八巻は睨み返す。

「そんな大事なことが」

「申し訳ありません」

外信スタッフが頭を下げる。

「ハノイに支局のあるK通信も、中央新聞もまったくこの件についてスルーして、報じていませんでした。見おとしてしまいました」

「く――」


「パク大統領は」

進行ディレクターは、画面でカメラを睨み返すような美人大統領を指す。

「彼女は最近、中国へ急接近して、国家主席や共産党幹部と親しくなっている。韓国製品を大量に中国が買うので、そのせいもあるのでしょうが、アメリカとしては安全保障上、その姿勢は好ましくないと思っている。今回、使節団を国連に招いたのも、パク大統領に対して釘を刺す意味があるのではないですか」

「分からんが」

八巻は頭を振る。

「とにかく使節団の代表二人の顔写真を、何とかして探し出せ。背中しか映っていないのではは絵にならん」

「はっ」

「はい」

青瓦台　大統領官邸会見ルーム

「嘘ではない」

チャン・バー・ミンは冷静に言い返す。

「四万一千四百五十名は――」

「黙れ」

しわがれた声で大統領が一喝する。

「お前たちはそうやって『被害を受けた』『被害を受けた』とことさらに大げさな数字をあげつらい、我々先進国から金をせびろうとしているのだろう」

す、凄い……。

(――――)

有里香は壇上の美女の語気の激しさに、のけぞりそうになる。

顔の造りと声が、まったく合っていない――まるで映画で魔法使いの老婆が正体を現し、しわがれた声で叫んでいるみたいだ。

「そのような薄汚い企みは、すぐにばれる」

だが

「大統領」

チャン・バー・ミンは冷静に言う。

「我々は正確な資料を持って、ニューヨークへ向かう途中でしたが、ハングリア新聞と市民団体の招きに応じ、ここへ立ち寄りました。招きに応じたのは、ニューヨークへ向かう前にここソウルで集会を開き、あなたの国の国民に正確な事実を知ってもらうのは意義があることだと信じたからだ。二日後の国連総会では、団長が演説をする。あの戦争で何があったのかを、世界中の人々に対して明らかにする」

「無駄じゃ」

壇上のパク・キョンジュは頭を振る。

「韓国は、世界中の人々から尊敬されている。そんな作り話を吹聴したところで、信じる者などおら――」

おらぬ、と言いかけたのだろうか、しかしパク・キョンジュの口が止まる。

有里香が「何だろう」と振り向くと、あの四十代の男——グエン・ヴァン・チェットと名乗った使節団の代表者が、腕組みをしたまま「フフフ」と笑っている。

パク・キョンジュが「ぬう」と睨みつけると
「大統領」

最前列から金髪の女性記者が手を挙げた。

アメリカ人らしい女性記者は、そのまま立ち上がると、壇上のパク・キョンジュへまっすぐに向かって言った。

「CNNのキャサリン・クーガーです」

英語だ。

会見場の視線が、今度は最前列へ集中する。

「大統領。私たちの調べでは、韓国軍がベトナム戦争中、無抵抗の村民数万人を機関銃で皆殺しにしたという事実は複数の〈虐殺事件〉として記録されている」

立ち上がった女性記者が、有里香のすぐ目の前で質問をする。

進行役の係官が「あ、おい」と言いかけるが、金髪の記者は毅然《きぜん》として、そちらの方は見ようともしない。

「あの戦争の終結から四十年あまり経ち、アメリカ政府も封印していた公文書を明らかにしつつある。先程のターキッシュ・バスの一件もその一つです。そして、そんなものとは比べ物にならない数々の虐殺事件が起きたことが分かっている。今回、アメリカの民主党政権の大統領が、彼ら使節団を国連へ招きました。少なくともアメリカ政府は現在、ベトナム政府の発表する虐殺の記録の数字を、本当のことだと信じている」

「――――」

「あなた方は『二十万人の同胞の婦女子が日本軍の性奴隷にされた』と主張し、アメリカ国内の複数の場所に銅像を建てていますが、韓国軍の起こした虐殺事件の数字についても大統領、認めますね？」

しかし

「認めぬ！」

しわがれた声でパク・キョンジュは叫んだ。

「そんなものは捏造じゃ。あやつらは」

女性大統領は社交ダンスに使うような青いロングドレスの袖を振り回し、記者席後方の一団を指した。

「あやつらは捏造した数字をあげつらって『被害を受けた』『受けた』と騒ぎ立て、アジア一の先進国から金をせびりたいだけじゃ。そのような薄汚い企みは、すぐにばれるだろう」

「国連で、彼らが演説します。世界中の多くの人々が、それを見て判断するでしょう」

「ふん、下らぬ」

パク・キョンジュは頭を振った。

「CNNの記者よ、お前、いっぱしの権威のつもりか。あの戦争へは、お前たちの国からの要請で出兵し、わが韓国軍はアメリカ軍司令官の指揮のもとに戦ったのだ。したがってあの戦争で起きたことのすべての結果責任はアメリカにある。ベトナム人へ謝罪や賠償を求めるなら、お前たちの国がしなければならない」

お台場　大八洲TV報道部

「おい」

八巻は、息を呑んだ。

中継画面はパク・キョンジュの顔をアップにしている。

その下に同時通訳のテロップ。

「あの大統領、アメリカに喧嘩を売ったぞ」

9

ソウル　青瓦台
大統領執務室

十分後。

「お見事な会見でございました」

パク・キョンジュが長いドレスの裾を蹴りながら、赤い絨緞《じゅうたん》の上を戻って来ると。

分厚い木製の扉の前で、タキシードを着た白髪の男がうやうやしく頭を下げた。

「このソ・ヨンセン、お聞きしていて感動いたしました」

扉の前で控えていた二名の職員が、白手袋で木製扉を左右へ引き開ける。ぎぎぃ、と音がする。

青瓦台の官邸の最も奥に位置する、大統領執務室だ。

外側から銃で狙われるのを避けるために、窓はない（韓国はいまだに北朝鮮とは『休戦位置付けである)。現在も駐留しているアメリカ軍は、朝鮮戦争に介入した〈国連軍〉という状態』にある。

内部は六角形の部屋だ。高さ三メートルの天井からシャンデリアが下がり、金色に装飾された額縁などの調度品が鈍く光っている。

沈み込むような絨緞を踏んでパク・キョンジュが入室すると、背広姿の男たちが姿勢をただし、一斉にお辞儀する。

「お帰りなさいませ」

「お帰りなさいませ大統領」

だが女性大統領はうなずくこともなく、室内中央にあるルイ王朝風の猫足つきソファへまっすぐ向かうと、どさりと腰を下ろした。

「失礼いたします」

「おみ足、失礼いたします」

背の高い若い男の係員が二名、素早く寄ってきて膝をつくと、女性大統領の足からピンヒールのサンダルを脱がせ、替わりに毛足の長いスリッパを履かせ、ソファ前のテーブルに灰皿と茶の用意をする。

「いやはや、アメリカに対して、あれほど毅然とした態度をお示しになられるとは」

ソファのそばに立ち、タキシードの秘書官が感じ入ったように唸る。

「お嬢様が――いえ大統領がこれほどご立派になられ……。亡くなった先代がご覧になったらどれほどお喜びになるか」

「…………」

「しばし、お寛《くつろ》ぎを」

だが
「寛いでなど、いられぬ」

ソファにそり返ったパク・キョンジュは不機嫌そうに言う。

「このわたしに、あのような会見をさせおって」

「は。しかしハングリア新聞が騒ぎ立てました」

まるで執事のように見える老秘書官は『致し方ない』というふうに頭を振る。

「しかし会見での大統領の理路整然たる回答で、国民はみな納得したでありましょう」

「そなた、本当にそう思うか」

「もちろんでございます」

「しかしあのハングリア新聞の記者、かえすがえすも腹が立つ」

美人大統領は、手で『煙草を用意しろ』と指図すると、腕組みをした。

「日帝がわが民族にしたもっとも悪いことは教育じゃ。われら両班に、平民どもが平気で盾つく」

「あのカン・シウォンは両班の家の出だそうです」

「ならば、なおさら許せぬ。両班の風上におけぬ」

「大丈夫でございます、奴は大統領に対する名誉毀損を働いております。間もなく適切な処置が取られるでありましょう」

「あの日本人の女記者もだ」

「はは」

「大統領」

別の背広姿の秘書官が、近寄ると耳打ちした。

「退役軍人の名誉を護る会が、動き出しております。ハングリア新聞と市民団体の予約したホールに明日、デモをかける模様です」

「――――」

パク・キョンジュは煙草の葉を詰めた煙管《キセル》を渡されると、口に運び、面白くもなさそうにうなずいた。

「それで」

「は」

「わが首都でのあやつらの集会は、流れるとして」美人大統領は煙を吐いた。「あやつらは、ニューヨークの国連本部へは辿り着けるのか？」

「は。それにつきましては――」

「エックス」

パク・キョンジュは秘書官を遮って、声を上げた。

「エックス、そこにいるのであろう。姿を現わせ」

執務室のルイ王朝風のクロゼットの陰で、何かが動いた。

長身の、ダークスーツに身を包んだ影が、音もなく姿を現わした。

「これにございます、大統領」

低い声。

短く刈り込んだ髪に、縁なしの眼鏡。鋭い目。

男は、アジア系だが朝鮮人ではない。あか抜けた風貌はハリウッド映画に登場する中国人のビジネスマンか、官僚のようだ。

「見事な会見でした。私の本国でも今頃、賞賛されているでしょう」

「例の手はずは」

パク・キョンジュは男と視線を合わせず、煙管をくわえながら訊いた。

「手はずは、整っておろうな」

「は」

長身の男も、視線を合わせず、唇の端を歪めるようにする。

その表情は、笑いのようにも見えた。

「すでに手配しております。ご安心を」

「そうか」

女性大統領は、初めてほっとしたように息をつき、煙を吐く。

「では、やれるのだな?」

「確実です。最近、私どもが雇っているエージェントは凄腕です。つい先日も南シナ海でベトナム軍の戦闘機を、たった一人で六機も墜としました」

クク、と男は目を細める。

「使節団のチャーター機は、ソウルを飛び立ったが最後、どこにも辿り着けません」

〈スクランブル〉『不死身のイーグル』了

＊ COMING SOON ＊
『荒鷲の血統』

この作品は徳間文庫のために書下されました。

なお、本作品はフィクションであり、実在の個人・団体などとは一切関係がありません。

徳間文庫

スクランブル

不死身《ふじみ》のイーグル

2015年9月15日 初刷

著者 夏《なつ》見《み》正《まさ》隆《たか》

発行者 平野健一

東京都港区芝大門二—二—一 〒105—8055

発行所 株式会社徳間書店

電話 編集〇三(五四〇三)四三四九
販売〇四八(四五一)五九六〇

振替 〇〇一四〇—〇—四四三九二

印刷 製本 株式会社廣済堂

ISBN978-4-19-893982-3 (乱丁、落丁本はお取りかえいたします)

徳間文庫の好評既刊

夏見正隆
スクランブル
復讐の戦闘機《フランカー》 上 下

秘密テロ組織〈亜細亜のあけぼの〉は、遂に日本壊滅の〈旭光作戦〉を発動する。狙われるのは日本海最大規模の浜高原発。日本の運命は……。今回も平和憲法を逆手に取り、空自防空網を翻弄する謎の男〈牙〉に、撃てない空自のF15は立ち向かえるのか!?

夏見正隆
スクランブル
亡命機ミグ29

日本国憲法の前文には、わが国の周囲には『平和を愛する諸国民』しか存在しない、と書いてある。だから軍隊は必要ないと。イーグルのパイロット風谷三尉はミグによる原発攻撃を阻止していながら、その事実を話してはならないといわれるのだった！

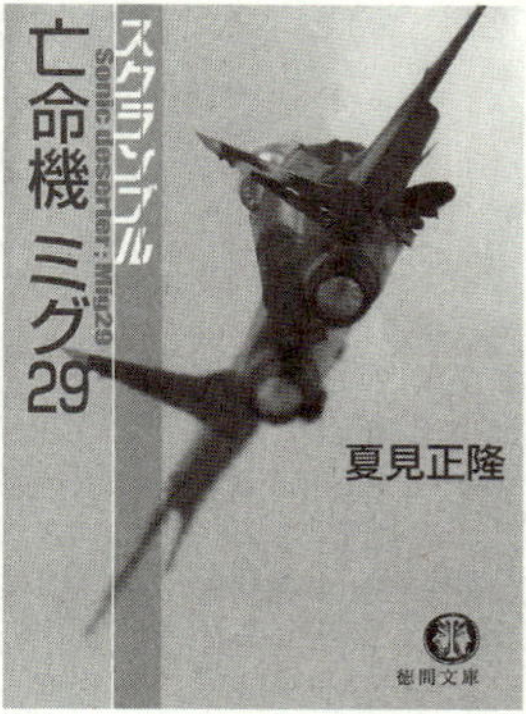

徳間文庫の好評既刊

夏見正隆

ゼロの血統
南京の空中戦艦

書下し

攻撃目標、蔣《しょう》介《かい》石《せき》率いる国民党軍の本拠地・南京城。出撃、午前三時半。帝国海軍パイロットの鏡《かがみ》龍《りゅう》之《の》介《すけ》に極秘命令が下った。荒天下、南京に向かう龍之介たちを待ち受けるはアメリカ義勇航空軍の凄腕戦闘機《フライング・タイガース》乗り。さらに雲中には、ドイツ軍事顧問団が密かに用意した決戦兵器が。激烈な空戦の末、南京城に迷い込んだ龍之介は、恐るべき謀略が進んでいることを知る。そしてあの少女との再会が…!?